La collection « Girouette »
est dirigée par Michel Lavoie

La mauvaise fortune du brigadier

L'auteur

Le Sherbrookois d'origine Jocelyn Boisvert a pratiqué différentes disciplines artistiques. Comédien et humoriste amateur, il a aussi réalisé sur cassette une série de courts métrages folichons et griffonné quelques scénarios de bande dessinée. Son premier roman pour la jeunesse, *Les 101 peurs du petit Robert*, a été finaliste au Prix Cécile Gagnon. Il vit actuellement à Kuujjuaq, dans les grands espaces du Nunavik, où il laisse libre cours à son imagination et prépare en secret d'autres projets littéraires.

Jocelyn Boisvert
La mauvaise fortune du brigadier

aventure

collection G I R O U E T T E

Données de catalogage avant publication (Canada)

Boisvert, Jocelyn
    La mauvaise fortune du brigadier

    (Girouette ; 10. Aventure)
    Pour les jeunes de 9 à 12 ans.

    ISBN 2-89537-067-2

    I. Titre. II. Collection: Collection Girouette ; 10. III.
Collection: Collection Girouette. Aventure.

PS8553.O467M38 2003   jC843'.54   C2003-941015-3
PS9553.O467M38 2003
PZ23.B64Ma 2003

Nous remercions le Conseil des Arts du Canada de l'aide accordée
à notre programme de publication. Nous reconnaissons l'aide finan-
cière du gouvernement du Canada par l'entremise du Programme
d'Aide au Développement de l'Industrie de l'Édition (PADIÉ) pour
nos activités d'édition. Nous remercions également la Société de
développement des entreprises culturelles ainsi que la Ville de
Gatineau de leur soutien.

Dépôt légal –   Bibliothèque nationale du Québec, 2003
                  Bibliothèque nationale du Canada, 2003

Révision : Michel Santerre
Correction d'épreuves : Renée Labat
Illustrations intérieures : Paul Roux
Infographie : Christian Quesnel

Éditions Vents d'Ouest
185, rue Eddy
Gatineau (Québec)
J8X 2X2
Téléphone :   (819) 770-6377
Télécopieur :   (819) 770-0559
Courriel :   info@ventsdouest.ca
Site Internet :   www.ventsdouest.ca

Diffusion Canada : PROLOGUE INC.
Téléphone :   (450) 434-0306
Télécopieur :   (450) 434-2627

On a tenté
d'écraser le brigadier!

MONSIEUR Dumulon n'est pas le genre de brigadier à se laisser marcher sur les pieds. Au carrefour des rues Belvédère et Chevalier, c'est lui le patron! Quiconque n'attend pas son signal pour traverser, adultes compris, aura droit à de véhémentes réprimandes de sa part. Aucun écolier n'ose contester son autorité. Personne n'a envie de se faire engueuler. Mais dès qu'il a le dos tourné, tout le monde se paie sa tête.

Faut dire aussi qu'il a une drôle de tête. Il ressemble à un vieil aigle déplumé. Son crâne dégarni est tenu au chaud durant l'automne et le printemps grâce à une casquette des *Canadiens*, vite remplacée l'hiver venu par une tuque à pompon aux couleurs du *Tricolore*. Son visage est dur comme du roc, ridé comme une vieille pomme plissée, aride comme le désert du Sahara. Ses lèvres sont si minces qu'il semble ne pas en avoir. Et son long nez aquilin lui confère l'air austère d'un oiseau de proie. Un oiseau de proie incapable de sourire !

La plupart des jeunes en ont peur. Il s'agit sans aucun doute de l'une des personnes les plus sévères que je connaisse. C'est qu'il prend son travail très au sérieux, le vieux bonhomme. C'en est parfois exaspérant. Il exerce son métier comme s'il était gardien de sécurité dans une banque ou garde du corps du premier ministre. À le regarder agir, on dirait que le sort de l'humanité dépend de lui !

La majorité des écoliers pensent qu'il aurait dû prendre sa retraite depuis belle lurette, qu'il devrait accrocher sa pancarte d'arrêt-stop comme les joueurs de hockey accrochent leurs patins une fois leur carrière terminée. Mais il se fiche bien d'être apprécié des jeunes, le monsieur. Avant toute chose, il veut les protéger.

Sous sa gouverne, aucun enfant n'a eu d'accident. Il ne se contente pas seulement de regarder des deux côtés de la rue avant de traverser, il regarde dix fois de chaque bord. Sa tête virevolte tellement qu'il doit souffrir de méchants torticolis en fin d'après-midi.

Bien sûr, il y a toutes sortes de rumeurs idiotes qui circulent à son sujet. De petits plaisantins qui n'apprécient guère son zèle se sont mis à raconter des histoires terribles sur lui : « Il déteste les enfants ! Il les kidnappe et les séquestre dans sa cabane au fin fond des bois. » Foutaise ! On n'a jamais entendu parler d'enlèvements d'enfants dans le quartier. On a même prétendu que ça faisait plus de quarante ans qu'il n'avait pas pris une douche, et qu'il portait des couches pour contrer un grave problème d'incontinence. Ce n'est pas le brigadier qui est sale, mais la langue de ceux qui colportent des sottises semblables.

Quand j'ai parlé de ces ragots à grand-père Tibo, il a d'abord rigolé, puis il a secoué la tête, consterné par la méchanceté des jeunes. « Et on dit que la vérité sort de la bouche des enfants ! » a-t-il soupiré. Ensuite, il m'a assuré que Napoléon Dumulon était un homme exemplaire qui méritait notre plus grand respect, un homme qui n'avait pas eu beaucoup de chance dans la vie.

Mon grand-père le fréquente au moins une fois par semaine, au parc s'il fait soleil, au bistrot du coin s'il pleut. Ce sont des amis d'enfance. Ma mère trouve formidable que l'on puisse être encore ami avec quelqu'un après plus de soixante-dix ans. Selon elle, c'est un miracle.

Je me demande bien si je vais pouvoir en dire autant de mon amitié avec Alexandre dans sept décennies.

Grand-père m'a également confié que Napoléon tient mordicus à son emploi. J'imagine qu'il n'a plus grand-chose à faire de ses longues journées et que surveiller les va-et-vient des élèves de l'école Buissonneau occupe une bonne partie de son temps.

Le problème, c'est qu'il vacille en marchant. Comme un pantin ! Ses jambes sont trop maigres pour supporter son corps trop grand. On s'attend à tout moment à le voir se briser en deux. Un rien l'essouffle et le moindre effort le fait grimacer. Il n'a plus la santé nécessaire pour traverser quatre-vingt-quatorze fois la même rue en une heure. Et plus il est fatigué, moins il marche vite. Il éprouve souvent de la difficulté à suivre les écoliers, même les plus petits. On peut alors lire un brin d'irritation sur son visage, même s'il s'efforce tant bien que mal de ne rien laisser paraître.

Quand arrive mon tour de traverser, je fais exprès pour prendre mon temps. Je ne veux pas l'épuiser pour rien. De plus, je tiens à prévenir les mauvaises chutes. L'hiver, les rues et les trottoirs sont glissants. À cet âge-là, quand on tombe sur le dos, ce n'est pas assuré qu'on va se relever !

Des fois, j'ai l'impression qu'il aurait besoin d'une marchette. Mais un brigadier avec une marchette, ce serait insensé. Il serait tout de suite remplacé par quelqu'un d'autre.

Napoléon sait que je suis le petit-fils de son meilleur ami. Alors il me lance parfois un : « Salut Antoine ! » Dans ces moments-là, il ne me sourit pas, mais presque. Son visage s'illumine une demi-seconde. Quant à moi, je ne lui ai jamais adressé la parole à part de faibles « Merci » ou de timides « Bonne journée, m'sieur ».

Je l'aime bien, moi. Même si je suis à peu près le seul. Je trouve les jeunes bien ingrats de se moquer de lui. On ne peut quand même pas lui en vouloir de prendre notre sécurité à cœur.

❂

Lundi matin, monsieur le brigadier paraissait encore moins en forme que d'habitude. Je me tenais à ses côtés, prêt à intervenir au cas où son pied déraperait sur une plaque de glace.

En fait, il s'est produit quelque chose de bien pire que de perdre pied !

J'ai d'abord entendu un bruit de klaxon. J'ai ensuite vu une camionnette foncer à pleine vapeur sur nous. Mon réflexe a été de me précipiter sur le trottoir. Puis j'ai jeté un œil en arrière. La surprise et la peur avaient cloué Napoléon sur place. Sans perdre une fraction de seconde, je l'ai agrippé par la manche et je l'ai tiré vers moi de toutes mes forces. Le pauvre s'est retrouvé ventre à terre au bord de la rue. J'avais tiré un peu fort, mais si je l'avais laissé à son sort, le véhicule l'aurait peut-être heurté. Et il ne s'en serait pas remis de sitôt !

Pendant la manœuvre de sauvetage, mon œil a réussi à capter un détail du chauffard. Il portait un chapeau de cow-boy. C'est tout ce que j'ai eu le temps d'apercevoir.

C'est déjà beaucoup, si l'on tient compte que lui, derrière son volant, n'a vu ni le brigadier, ni sa pancarte d'arrêt-stop, ni moi. J'en ai déduit qu'il était soit aveugle, soit lunatique. Mais j'ai aussitôt eu la confirmation que je me trompais. L'imbécile avait fait exprès, sinon il n'aurait pas baissé sa vitre en plein hiver pour gueuler : « Avec un matelas comme le tien, tu dois te payer des maudits beaux rêves ! »

Je ne comprenais pas la remarque. Monsieur Dumulon avait-il la réputation de posséder un matelas ultra-confortable ?

Pendant que la camionnette délabrée poursuivait son chemin, mon attention s'est tout naturellement fixée sur la plaque d'immatriculation. Cette information pouvait s'avérer utile pour retracer le propriétaire du véhicule, au cas où le brigadier voudrait porter plainte. Le connaissant, c'était possible, probable même.

J'ai aidé monsieur Dumulon à se remettre sur pied. Je m'attendais à ce qu'il se mette à vociférer à l'endroit du conducteur. Mais non, il était trop sous le choc pour réagir. Ce crétin de cow-boy dans sa vieille ferraille lui avait vraiment foutu la trouille.

– Ça va ?

Il m'a rassuré d'un faible mouvement de la tête et m'a conseillé de me dépêcher si je ne voulais pas arriver en retard à l'école.

Pauvre Napoléon ! Il devrait laisser son poste à une personne plus jeune et plus alerte.

❀

– Devine quoi ?

Je n'avais même pas encore posé le pied dans la cour d'école qu'Alex était déjà sur mon dos.

– Tu te teins les cheveux ? T'es pas un vrai blond ?

– Non ! Mon frère va enfin donner à Bérubé la correction qu'il mérite.

Alexandre Martineau est mon meilleur ami. D'habitude, il est distrayant. Mais les histoires de bagarre de son grand frère ne m'intéressent pas beaucoup. Rien ne me paraît plus insignifiant que deux gars qui cherchent à se taper sur la gueule.

Alex se pâme d'admiration devant son batailleur de frère, son idole. Encore plus que n'importe quelle vedette de cinéma. Xavier complète sa sixième année du primaire. C'est l'un des élèves les plus détestés des enseignants. À juste titre puisqu'il ne pense qu'à faire des mauvais coups. Ses copains et lui imposent la loi à l'école. Enfin presque. Il y a un autre gang de sixième, jouissant aussi d'une fort mauvaise réputation : la bande à Bérubé. Et ces deux clans se livrent une guerre grotesque pour décrocher le titre de « voyous de l'année ».

Le pire, à mon avis, c'est qu'Alex adorerait faire partie de la bande à Martineau. Par contre, cela ne risque pas d'arriver de sitôt puisque l'aîné de la famille a horreur d'avoir le cadet dans ses pattes.

Alex parlait du combat entre son frère et Bérubé comme s'il s'agissait de l'événement du siècle : où il devait avoir lieu, quand, pour quelles raisons, qui allait l'emporter, dans quel état se retrouverait la face à Bérubé quand son frère en aurait fini avec lui. Heureusement, la cloche a réussi à fermer le clapet à mon ami.

En classe, notre enseignante nous réservait une surprise de taille. Tant mieux, cela me changerait les idées.

La main de la prof reposait sur l'épaule d'une fille de mon âge que je voyais pour la première fois. Une nouvelle élève de quatrième. Sarah Deschamps. Elle n'était pas spécialement jolie. Plus petite que la moyenne, des cheveux dorés à ras le crâne, le visage dur, de grands yeux multi-colores. Au premier coup d'œil, on devinait que cette fille vêtue comme un garçon était malcommode.

Sarah dévisageait la classe sans être le moins du monde intimidée. Puis, à contrecœur, comme si on l'y avait obligée, elle a fait l'effort de sourire une fois les présentations faites.

En général, c'est assez difficile de s'intégrer dans une autre école. On a tendance à s'en méfier. Alors, je me suis promis d'aller dire un mot gentil à Sarah dès que l'occasion se présenterait.

Alex a eu, semble-t-il, la même idée que moi, sauf que lui, il n'a pas attendu pour faire connaissance. Tandis que la nouvelle déambulait entre les pupitres, il en a profité pour lui souhaiter la bien-venue, avec un sourire un peu trop grand pour être tout à fait franc. Ce qui lui a valu un regard glacé. Ce n'était pas le type de réaction que mon ami suscitait en général chez les filles.

Sarah ne s'est pas arrêtée pour Alex. Toutefois, elle a ralenti le pas en me voyant. Elle m'a observé en fronçant un sourcil, puis, confuse, elle a continué son chemin jusqu'à la place libre au fond de la salle.

J'étais intrigué. Cette Sarah m'avait regardé comme si elle me connaissait !

Alex avait été témoin de cette scène pour le moins étrange.

– Ça m'a tout l'air que tu viens de te faire une petite amie ! a-t-il chuchoté.

Il me taquinait. Honnêtement, je ne pense pas que les filles me trouvent de leur goût. En tout cas, contrairement à mon ami, elles ne se retournent jamais sur mon passage. Lui, les filles lui courent sans cesse après. Sans exagérer, il doit recevoir une déclaration d'amour par semaine. C'est beaucoup, pour quelqu'un qui n'en a pas encore reçu une seule.

Après avoir fait des gros yeux à Alexandre, l'enseignante a pu commencer son cours.

J'aime l'école, je n'ai pas peur de l'avouer. Bon, je n'en raffole pas, mais c'est loin d'être le supplice que prétendent certains. Pour être franc, je rigole bien plus avec mes camarades de classe que tout seul dans ma chambre.

❂

Au début de la récréation, Alex cherchait la petite nouvelle. Il voulait entre autres lui demander si j'étais son type de gars. Je lui ai promis de lui couper ses jolies mèches blondes dans son sommeil s'il mettait son dessein à exécution. « Les cheveux repoussent », a-t-il rétorqué comme si c'était le dernier de ses soucis.

En fin de compte, Alex n'a pas eu à chercher Sarah bien longtemps, car c'est elle qui est venue à nous.

Elle souriait à présent de toutes ses dents. On aurait dit qu'elle avait fréquenté l'école Buissonneau depuis la maternelle tellement elle s'y sentait à l'aise.

– Excuse-moi pour tantôt, déclare-t-elle sans faire attention à Alex et à son petit air malicieux. Je veux surtout pas que tu te fasses des idées. Je te faisais pas de l'œil. J'ai juste eu une impression de déjà-vu.

– Étonnant que t'aies eu une impression de déjà-vu devant Antoine, a répliqué mon compagnon afin de s'intégrer à la conversation. Un beau bonhomme de même, il n'en existe pas deux sur la planète !

Avant de répondre, Sarah a considéré mon ami de la même manière qu'elle aurait contemplé une crotte de chien.

– Quand j'aurai envie d'entendre une cloche parler, je vais te sonner. Entendu ?

Non, je devais certainement avoir mal entendu. Car il ne me semblait pas possible que cette Sarah balance une insulte pareille à la face d'Alex.

— Voyons, t'as pas de raison de me parler sur ce ton-là ! Tes parents t'ont jamais appris la politesse ?

— Mes parents m'ont surtout appris à me méfier des crétins.

J'hésitais entre rire ou fuir. La nouvelle n'avait pas la langue dans sa poche, et je ne voulais pas être présent quand elle déciderait de s'en servir contre moi.

Alex, lui, n'avait pas l'intention de s'en laisser imposer.

— Quelle mouche t'a piquée ? Tu sais pas que dans la vie il faut être gentil avec les autres si on veut se faire des amis ? Surtout quand on débarque dans un nouveau milieu et qu'on connaît pas un chat !

Sans s'énerver, Sarah regardait à droite et à gauche, comme pour s'assurer que personne ne nous épiait. Alors, elle a consenti à s'excuser. Mais avant de repartir, elle nous a expliqué que les blondinets aux yeux bleus qui se croyaient irrésistibles, elle les trouvait plutôt ordinaires.

Alex était dans tous ses états. Je pouvais comprendre pourquoi. Sarah n'avait aucune raison de s'en prendre à lui de cette façon. Si elle avait été un gars, il lui aurait déclaré la guerre sur-le-champ. Le conflit se serait sans doute réglé avec les poings.

– Mais qu'est-ce que je lui ai fait ? répétait-il.

– Rien. C'est une drôle de fille, c'est tout. Faut pas s'énerver à cause d'elle. Viens donc jouer au soccer. Notre équipe attend son joueur vedette !

– Drôle de fille ? Une vraie capotée, tu veux dire ! Va falloir que quelqu'un la remette à sa place, celle-là !

Il s'en chargerait volontiers, j'étais prêt à parier là-dessus !

Le brigadier ne sait plus où il habite!

L E MIDI, le brigadier n'a fait aucune allusion à l'incident du matin. Cependant, il redoublait de vigilance afin d'éviter d'autres mauvaises surprises, par exemple le retour du cow-boy fou et de sa diabolique camionnette.

Après dîner, je suis passé devant le *Déli Cathy*, un restaurant populaire. L'établissement était si familier que je ne le remarquais même plus. C'est seulement après l'avoir dépassé que je me suis rendu compte qu'un des véhicules dans le stationnement s'apparentait à celui qui avait presque heurté le brigadier. J'ai fait demi-tour.

Il s'agissait effectivement de la même camionnette. J'ai pu constater à loisir à quel point elle était ravagée par la rouille. Puis un détail m'a particulièrement intéressé. Ce matin, le bolide assassin avait filé si vite que je n'avais pas eu le temps de lire les grosses lettres de chaque côté du véhicule : *Tanguay Nettoyeurs Pro.*

L'enragé du volant travaillait donc pour une compagnie de nettoyage industriel. J'étais heureux de l'apprendre. Et j'avais hâte de confier cette précieuse information à monsieur le brigadier. Des nettoyeurs soi-disant professionnels se promenant dans un engin aussi sale et mal entretenu, c'est louche.

La devanture vitrée du resto m'a permis de reconnaître le chapeau de cow-boy aperçu plus tôt dans la journée. De toute évidence, le chauffeur de la camionnette s'était calmé depuis ce matin. Il riait maintenant de bon cœur avec la serveuse.

J'aurais aimé pouvoir l'espionner encore un peu, mais la cloche allait bientôt sonner. En m'approchant de l'intersection Belvédère-Chevalier, j'ai remarqué que le brigadier n'était pas d'humeur à jaser. Il semblait broyer du noir, ressasser d'obscurs souvenirs. Je n'ai finalement pas osé lui faire part de ma découverte. Je me suis dit qu'il essayait peut-être d'oublier sa mésaventure.

Plus tard, je me suis longuement demandé si j'avais bien réagi en gardant le silence. Après tout, connaître l'identité de son agresseur lui aurait peut-être remonté le moral.

En revanche, j'en ai glissé un mot à Alexandre. Il s'en fichait comme des *Reader's Digest* de sa grand-tante. Lui, il ne le porte pas dans son cœur, le brigadier. Il trouve qu'il ressemble à un chef nazi, comme on en voit au cinéma.

Quand j'ai cessé de parler, il a tout de suite embrayé sur un sujet qui le préoccupait davantage : Sarah Deschamps, l'effrontée. Il me dressait une liste de tout ce qu'il aurait pu lui répliquer à la récré. S'il s'était abstenu, c'est parce qu'il ne traitait pas les gens comme des moins que rien, lui. Au fond, je le comprenais d'être révolté, mais son attitude ne le rendait pas pour autant un ami d'agréable compagnie.

Le cours de français s'est avéré plus long que d'habitude. Pour terminer un exercice, j'ai dû sacrifier une minute de mon précieux temps de récréation en classe. Ensuite, je me suis ruée à mon casier et dépêchée pour chausser mes bottes. C'est ce moment-là qu'a choisi Sarah pour m'aborder comme si je tenais un kiosque d'information. Elle voulait savoir mon nom de famille, où je demeure, si mes parents étaient divorcés, combien de frères et de sœurs j'avais. Elle m'a demandé si j'étais le meilleur ami d'un chien ou d'un chat, si oui, de quelle race était la petite bête, si non, pourquoi je n'aimais pas les animaux. Elle ne me laissait même pas le temps de répondre !

J'étais embêté parce que un : Alex pourrait mal le prendre s'il me voyait avec elle. Deux : le match de soccer allait bientôt commencer. Trois : j'ignorais comment couper court à cet interrogatoire ridicule sans manquer de politesse.

— Qu'est-ce que je dois absolument savoir à propos de cette école et de ses profs ?

Il y a eu un silence, et non une autre question comme je m'y attendais. Cette fois, Sarah attendait une réponse.

— Euh… Ben… Rien de spécial.

— Ouain, tu connais pas grand-chose, toi. Connais-tu au moins ton quotient intellectuel ?

— …

— Réponds pas, je rigole. Je suis comme ça, moi. Je parle beaucoup. Ça tourne ultra vite dans ma tête. Plus vite que la vitesse du son. Des fois, je m'entends pas penser !

Elle s'est mise à rire. De toute évidence, elle venait de faire une blague qu'elle seule était en mesure d'apprécier.

Je comprenais mal ce que Sarah Deschamps faisait là, plantée devant mon casier à me regarder m'habiller alors qu'elle était prête à sortir.

– Ton copain l'a pas trop mal pris ce matin ?

Je n'ai pas menti. Ma réponse l'a fait marrer.

Comme je ne savais ni quoi dire ni quoi faire, j'ai souri jaune, un brin embarrassé, et je suis allé jouer au soccer. Sans demander la permission, Sarah m'a suivi. Elle a fait pire : elle s'est emparée du ballon et l'a gardé dans ses mains jusqu'à ce qu'elle mobilise l'attention de chaque joueur. Elle voulait savoir dans quelle équipe jouer. La plus faible, évidemment.

Sarah devenait donc notre rivale, à Alexandre et à moi. Mon ami affichait un malin sourire en coin, qui en disait long sur la leçon qu'il se préparait à lui donner. Mais la petite nouvelle s'est avérée bien meilleure qu'on le croyait. Elle nous montrait de quel bois elle se chauffe. Elle était déchaînée. Une véritable tornade sur deux jambes !

À un moment donné, elle s'est retrouvée devant Alex à lui disputer le ballon. Sans ménagement, mon camarade a poussé son adversaire et lui a fait mordre la neige.

Voilà l'étincelle qui allait mettre le feu aux poudres. Alex était trop orgueilleux et Sarah avait trop de caractère. Elle ne se laisserait pas faire.

J'avais raison. Ce n'est pas parce qu'elle était au sol qu'elle a arrêté de jouer pour autant. Avec sa jambe, elle a fait trébucher Alex et s'est relevée avant lui. Elle a ensuite pris possession du ballon pour s'avancer jusqu'au but et botter.

Bon, elle n'a pas marqué de point, mais c'était un sacré beau jeu. Un jeu qui lui a valu à coup sûr le respect des joueurs.

Le restant de la partie, Alex n'a pas arrêté de la talonner, à tel point que je me suis même demandé s'il n'en pinçait pas pour elle. En tout cas, elle ne le laissait pas indifférent!

En fin de compte, l'équipe adverse a perdu six à deux. Les joueurs ne se sont pas laissé abattre pour si peu. Ils avaient l'habitude. Pas Sarah. Elle digérait mal la défaite. En nous montrant du doigt, moi et mes coéquipiers, elle nous a conseillé de bien savourer notre victoire, car ce pourrait bien être la dernière.

Alexandre se délectait. Depuis que je le connais, il a toujours pris le sport au sérieux. Il adore la compétition. Il carbure aux victoires et vénère les trophées.

Lui et moi, nous nous sommes rencontrés à l'aréna. Nous faisions partie du même club de hockey : les *Dalmatiens*. Puis, le hasard a voulu qu'il déménage dans mon quartier. Du coup, il s'est retrouvé dans ma classe. Bien entendu, nous sommes devenus encore meilleurs amis. Cependant, je regrette parfois l'époque où je le côtoyais seulement dans les arénas. Je le trouvais plus rigolo. À l'école, il se donne des airs suffisants. Peut-être les filles y sont-elles pour quelque chose dans sa nouvelle attitude ? Peut-être en leur absence est-il en mesure de rester lui-même ?

Quoi qu'il en soit, je ne me plains pas. Il m'a déjà fait rire à en avoir mal aux abdominaux. Somme toute, je m'entends bien avec lui, même si à la longue il finit par me taper sur les nerfs. Pas bien fort, mais juste assez pour me faire apprécier quelquefois mes moments de solitude.

J'étais curieux de voir si l'humeur du brigadier s'était améliorée. À première vue, non. Il s'est conduit avec moi comme si rien ne s'était passé en matinée. Par contre, avant de nous séparer, il s'est produit un truc vraiment bizarre.

– À ce soir, Antoine ! a-t-il lancé avec une expression qui pouvait à la limite passer pour un sourire.

Pauvre Napoléon ! Il devenait de plus en plus sénile. Il fallait qu'il n'ait plus toute sa tête pour dire « à ce soir » au lieu d'« à demain ».

Alex, lui, n'a rien remarqué d'étrange. Il faut dire que le croche-pied de Sarah lui pesait encore sur le cœur. Il n'attendait plus que le lendemain pour la retrouver sur le terrain de jeu.

– Si elle s'imagine que l'autre équipe va se mettre à gagner juste à cause d'elle, c'est qu'elle a de la margarine à la place de la cervelle !

Alexandre m'accompagnait parce qu'il ne voulait pas rentrer tout de suite à la maison. Comme il demeurait à deux pas de l'école, il pouvait se rendre chez lui en moins d'une minute. Il avait sûrement besoin de prendre l'air.

En traversant le parc, nous sommes tombés sur son frère Xavier et deux copains de sa bande. Comme c'est Alex qui avait eu l'idée de ce détour, je soupçonnais que cette rencontre n'avait rien à voir avec le hasard.

Martineau le magnifique s'est jeté sur son petit frère et lui a lavé la figure avec de la neige. Les deux autres se sont chargés de faire la même chose avec moi. Ils nous ont laissé partir seulement après cinq minutes, en précisant que cette leçon allait nous apprendre à ne pas les espionner.

– C'est vrai qu'ils sont gentils, les copains de ton frère, ai-je dit avec ironie. Ils veillent à ce qu'on rentre le visage propre. Mes parents vont être contents !

– Ce sont des guerriers, ces gars-là. Il ne faut pas leur en vouloir.

C'est à Alex que j'en voulais de me sortir pareille stupidité.

Au hockey, Xavier n'est guère apprécié des parents des autres joueurs. Il joue de façon extrêmement agressive. Il lui est arrivé à quelques reprises de jeter les gants sur la patinoire pour régler ses comptes avec l'un de ses adversaires. Le pauvre a passé un très mauvais moment. Je le sais, j'étais là. Xavier devrait porter des gants de boxe pour jouer au hockey, ce serait plus approprié à son style de jeu.

Alex naviguait en silence sur le flot de ses pensées. Soudain, il s'est demandé à voix haute pour quelles raisons son frère nous avait accusés d'espionnage. Je l'ai aidé à éclaircir ce mystère qui n'en était pas un. C'était simplement le premier prétexte qu'il a trouvé pour justifier son attaque. Alex restait songeur.

Je l'ai quitté là-dessus, un peu content, je dois dire. À bien y penser, Alex m'avait semblé bizarre aujourd'hui. Par contre, la fougueuse mademoiselle Deschamps ne l'avait pas épargné. Si j'avais subi ne serait-ce que le tiers de ce qu'elle lui a fait endurer, j'aurais peut-être l'air bizarre moi aussi.

❂

J'ai toujours faim en rentrant de l'école. C'est pourquoi j'ai été déçu d'apprendre que l'on soupait seulement à six heures et demie au lieu de cinq. J'ai donc piqué deux pommes dans le frigo avant de m'enfermer dans ma chambre. Un peu d'intimité ne fait jamais de tort. Sauf que, dans ma chambre, à moins de fermer les stores, je ne suis jamais vraiment seul. Ma fenêtre offre une vue directe sur la cuisine de la voisine d'en face. Et comme elle est tout le temps assise à la table à manger et que je suis souvent devant mon ordinateur, on peut s'épier l'un l'autre comme bon nous semble.

Si la voisine avait mon âge ou, mieux, quatorze-quinze ans, le petit jeu pourrait être amusant. Mais ce n'est pas le cas. Elle doit friser les soixante-dix ans. Rien pour attiser le voyeur en moi !

Cette dame mène une existence bien monotone. Si elle ne bûche pas sur des mots croisés, elle passe son temps devant toutes sortes de magazines, ou bien elle fait valser son stylo sur du papier et rédige des tonnes de lettres adressées à je ne sais qui. Ce n'est pas une vie ! Quoique, à bien y penser, peut-être dit-elle la même chose de moi en me voyant interagir avec mon ordi ?

L'heure de la bouffe était presque arrivée lorsque la sonnerie du téléphone a retenti. C'était Alex. Décidément, il ne me lâchait pas aujourd'hui ! Il voulait aller jouer au hockey, ce soir, à la patinoire du parc. Puisque je n'avais encore rien avalé, j'ai dû refuser. C'est alors qu'on a frappé à ma porte. Ce devait être ma mère qui voulait m'informer que le repas était servi. D'habitude, elle ne se donne pas cette peine, elle entre sans avertir.

– Et demain ? m'a demandé Alex sur un ton qui ne me plaisait pas beaucoup. Tu vas avoir soupé demain à la même heure ?

Je regardais la poignée tourner.

– Si mes parents sont d'accord, je ne vois pas…

La porte s'est ouverte. J'aurais voulu terminer ma phrase, mais j'en étais tout simplement incapable. À l'entrée de ma chambre se tenait monsieur Dumulon, souriant comme jamais je ne l'avais vu. Cette vision m'a plongé dans la plus totale stupéfaction. Trente longues secondes se sont écoulées avant que je me rende compte qu'il n'avait rien d'une hallucination.

– Allô !… Allô !… aboyait mon téléphone. Antoine, t'es encore là ?

Un souffle sur le vieux cœur
empoussiéré du brigadier

– **A**LEX, attends un instant ! Il m'arrive une chose assez insolite en ce moment. Je te rappelle !

Aussitôt après avoir raccroché, je me suis tourné vers le surprenant visiteur.

– Bonsoir, m'sieur. Puis-je me permettre de vous demander ce que vous faites ici, dans ma chambre ? Vous voulez m'aider à faire mes devoirs ?

Le brigadier ne m'écoutait pas. Il regardait par la fenêtre, la bouche grande ouverte.

– Qui est cette dame là-bas ? a-t-il demandé en pointant l'immeuble d'en face.

Je n'en revenais pas. Il faisait irruption dans ma chambre et il avait le front de ne pas répondre à mes questions. Pire, c'est lui qui m'en posait !

Ma foi, Napoléon avait perdu ses bonnes manières. Le gentleman dont

m'avait parlé mon grand-père ne me faisait pas très bonne impression.

– C'est ma voisine. Voulez-vous que je
vous la présente ?

Il était totalement absorbé par ses pensées.

– Vous voulez entrer dans sa chambre
à elle aussi ?

Cette fois, monsieur Dumulon m'avait
entendu. Il m'a même regardé avec un air
offensé, comme si j'avais dit une gros-
sièreté.

– Je me permets de répéter ma question, m'sieur. Qu'est-ce que vous fichez
ici ?

Tout à coup, j'ai compris. Il voulait
porter plainte à propos de l'incident de ce
matin. Et pour ça, il avait besoin que je lui
serve de témoin.

Je me suis trompé sur toute la ligne.
Napoléon s'apprêtait à m'offrir une explication lorsque la face espiègle de grand-
père Tibo est apparue derrière lui.

– C'est moi qui l'ai invité à souper, a-
t-il dit.

C'est lui aussi qui avait poussé Napoléon à me faire une petite surprise.

– Je savais que ça te ferait halluciner
ben raide de voir monsieur Dumulon s'in-

troduire dans ta chambre, a-t-il ajouté, visiblement fier de son coup.

Certaines expressions des jeunes de ma génération amusent beaucoup mon grand-père. Au point où il se plaît à les intégrer dans ses conversations. Pour rire, bien entendu.

Je me suis soudain rappelé de quelle façon le brigadier m'avait salué après l'école. « À ce soir, Antoine ! » Il n'était pas si sénile, en fin de compte.

Par contre, il était méchamment dans la lune depuis qu'il avait entrevu ma voisine à la fenêtre. Après un long soupir, il a tenté de rassembler ses esprits et a déclaré qu'il n'avait pas l'habitude de manger aussi tard. Il avait une faim de loup. Il n'était pas le seul !

Tout en se rendant à la salle à manger, Napoléon m'a fait part de son étonnement de ne pas retrouver de serrure à ma porte.

– Un jeune homme comme toi doit avoir un paquet de secrets à protéger, non ?

– Non, pas vraiment, ai-je été obligé d'admettre.

C'est ainsi que j'ai complètement oublié de rappeler Alex.

La table était mise, le repas servi. Ma mère avait préparé des côtelettes de porc à l'orange. Un délice. Par curiosité, j'ai demandé si on fêtait une occasion spéciale. Mon père a dit non. Mon grand-père, oui. Et Napoléon, lui, s'est abstenu de répondre.

– Oui ou non ?

– Oui, a répété Tibo. Crois-le ou non, ton grand-papa a accompli un exploit ce matin. C'est la première fois aujourd'hui qu'il réussit à compléter une grille de mots croisés. Évidemment, j'ai tout de suite contacté ton père afin de souligner l'événement.

Comme tout le monde a éclaté de rire, j'en ai déduit que ce n'était pas sérieux, cette histoire de mots croisés. Cependant, j'ai dû me contenter de cette réponse, car c'est la seule qu'on a bien voulu m'offrir.

À table, il manquait seulement Mathieu, mon frère aîné. Il passait la soirée chez un camarade de classe à étudier pour un examen important. Afin de maximiser son temps, il a jugé bon d'aller directement chez son ami après l'école et de souper chez lui. Comme mon frère est rendu en quatrième secondaire, mes parents lui laissent beaucoup de liberté. Il faut dire qu'il n'est pas le genre à faire des bêtises. S'il dit qu'il va étudier, il va étudier. Mathieu revient toujours des galas de fin d'année avec une ribambelle de certificats d'excellence. Il est sans aucun doute un des meilleurs étudiants de la polyvalente.

Napoléon Dumulon s'est beaucoup intéressé à notre famille. Il ne nous a pas caché le plaisir ni l'émotion que lui procurait ce chaleureux repas convivial.

Aussi incroyable que ça puisse paraître, le brigadier avait le sourire facile. Il éclatait de rire pratiquement à chaque plaisanterie de mon père, même les plus déconcertantes. Et quand il ne riait pas, il s'employait à complimenter les talents de cordon-bleu de ma mère.

– Est-ce que votre fils vous a aidée à préparer le souper, madame Desruisseaux ?

Comme de raison, ma mère en a profité pour remettre les pendules à l'heure.

– Non ! Je n'ai bénéficié d'aucune aide de la part de mes gars. De mon mari non plus, je dois avouer.

À ce moment-là, mon père s'est levé pour desservir. La question de Napoléon avait réussi à me faire sentir coupable moi aussi. Alors, j'ai décidé de lui rendre la monnaie de sa pièce. J'ai pris la parole pour révéler à tous que monsieur

Dumulon semblait trouver notre voisine pas mal de son goût. Il en a rougi, je le jure !

Mon grand-père a eu beau essayer autant comme autant de le faire parler, son copain n'a rien dévoilé. Il cherchait plutôt un moyen de détourner la conversation sur un autre sujet. Il y est finalement parvenu. Il a raconté sa mésaventure du matin, alors qu'il avait failli être renversé par un chauffard.

Mon papa était à la fois révolté et désespéré d'entendre une histoire semblable. Selon lui, les routes sont envahies de conducteurs dangereux. Il en connaît un rayon sur le sujet : il est chauffeur de taxi.

Il a préparé le café pour se changer les idées et a déclaré sur un ton dramatique qu'il manquait un élément crucial pour le dessert. Ma mère a juré que non. Elle avait pensé à tout. Mais il s'est permis d'insister. Sans en dire davantage, il a enfilé son manteau en nous avisant qu'il n'en avait que pour deux minutes.

Monsieur Dumulon a tenu à souligner son dévouement remarquable. Le commentaire a fait rire ma mère, qui trouvait le comportement de son mari on ne peut plus louche.

Pendant plus de cinq minutes, nous avons patiemment attendu le retour de mon père. Quand il est enfin rentré, il affichait un sourire dix fois plus large que d'habitude.

– Bon ! a lancé ma mère, curieuse. Peut-on voir à quoi il ressemble, ton ingrédient magique ?

Mon papa s'est écarté du portail pour laisser entrer madame Chevalier.

– J'ai pris l'initiative d'inviter notre sympathique voisine pour le dessert.

J'ai braqué mon regard sur le brigadier. Du grand spectacle ! Il devait avoir sensiblement la même tête que la mienne quand il a fait irruption dans ma chambre. Il s'est figé raide, à tel point qu'on aurait pu le croire mort.

Madame Chevalier souriait sans cesse. Elle était manifestement excitée à l'idée de partager le dessert avec nous, les Desruisseaux, ses voisins préférés.

Bien que cette surprise semblât faire plaisir à ma mère, elle a accueilli mon père avec de gros yeux désapprobateurs. Elle avait disposé sa mousse fraises-abricots dans cinq coupes, et non six. Compréhensif, mon père s'est frotté le ventre en murmurant d'un air désolé qu'il n'avait plus faim pour le dessert, compte tenu des deux portions de côtelettes qu'il s'était servies.

Enfin, le moment tant attendu est arrivé : madame Chevalier a aperçu le brigadier. Son sourire s'est estompé un instant et ses yeux se sont plissés. Elle semblait chercher dans sa mémoire à qui pouvait bien appartenir ce visage qui ne lui était pas tout à fait étranger.

Quant à moi, j'étais captivé par la scène. C'était meilleur que n'importe quel feuilleton de télévision. C'est ce moment-là que le téléphone a choisi pour sonner. Après avoir décroché, ma mère m'a vite remis le combiné en disant :

– Alexandre.

Il voulait connaître la raison qui m'avait empêché de le rappeler. J'aurais aimé pouvoir le faire plus tard, mais je n'ai pas osé lui jouer le même coup deux fois de suite. Pour ne pas déranger, j'ai pris à regret l'appel dans ma chambre.

Mon copain ne paraissait pas plus étonné que ça d'apprendre que le brigadier avait mangé chez moi. Non, il voulait une confirmation pour la partie de hockey de demain soir à la patinoire. Ensuite, il m'a débité le même refrain sur

Sarah : « Je te dis, c'est une vraie folle ! » et sur son frère : « Je te mens pas, c'est lui le plus fort de l'école ! » Je me suis débrouillé pour vite mettre un terme à la conversation, plutôt ennuyante en comparaison à ce que j'étais en train de manquer dans la cuisine.

De retour parmi les invités, j'ai tout de suite constaté que le malaise entre la voisine et le brigadier s'était dissipé. Mon grand-père, qui devinait mes interrogations, s'est chargé de me faire un topo. C'est Irène qui a fini par se rappeler où elle avait connu Napoléon : en troisième ou quatrième année de la petite école. Autrement dit, il s'agissait de retrouvailles du primaire !

À présent, monsieur Dumulon jasait avec son ancienne amie de quelques souvenirs qui leur restaient de cette lointaine époque. Si c'était passionnant au début, j'ai vite perdu l'intérêt. Une fois la dernière bouchée de mon dessert avalée, je me suis soudain senti de trop. J'ai donc voulu laisser les grands bavarder entre eux, mais madame Chevalier m'a fait signe d'attendre un moment. Après une fouille exhaustive dans sa sacoche, elle a finalement trouvé ce qu'elle cherchait :

une pièce de deux dollars qu'elle tenait à me remettre pour les nombreux services que je lui avais rendus.

Il lui arrivait de temps à autre de solliciter mon aide. Rien de bien compliqué, c'était à peu près toujours la même chose : aller au dépanneur lui acheter du lait et/ou du pain.

À bien y penser, j'étais plutôt content que le brigadier ait mis le pied dans ma chambre. Je le voyais toujours au même coin de rue. Cela faisait du bien de le voir dans un autre contexte.

À présent, c'était à mon tour de pénétrer chez lui incognito et de lui concocter une petite surprise. Je me suis mis à imaginer à quoi pouvait bien ressembler son appartement.

❂

Le lendemain, en sortant de la maison, j'ai aperçu madame Chevalier sur sa galerie qui me faisait signe d'approcher. Sur le coup, j'ai pensé qu'elle manquait de lait pour ses céréales et qu'elle me demanderait d'aller lui en acheter. Maintenant qu'on avait pris le dessert ensemble, je ne pouvais plus rien lui refuser !

Mais non, elle n'était pas en pénurie de lait. En fait, elle m'a chargé de remettre une enveloppe toute légère à Napoléon. Elle affichait un drôle de sourire, comme si elle doutait soudain de son initiative.

Sur le chemin de l'école, j'ai enfin compris que la voisine n'était pas indifférente aux charmes subtils de monsieur Dumulon. J'ai pensé ouvrir l'enveloppe pour m'en assurer, mais j'ai résisté à la tentation. Mon éternelle curiosité ne me permettait pas de violer la vie privée de ma voisine. Quand bien même ce serait un poème, une recette de gâteau aux carottes ou un article découpé dans le journal, ce n'était pas de mes oignons.

Je dois dire que ça faisait un tantinet bizarre de revoir le brigadier ce matin. Désormais, j'étais devenu quelqu'un d'important à ses yeux. La preuve : il m'a fait un grand salut de la main en me voyant.

Décidément, il n'était plus le même homme. Celui que j'avais toujours connu n'aurait jamais démontré tant d'enthousiasme.

J'étais curieux de lui voir la fraise quand je lui remettrais la lettre d'Irène Chevalier !

On veut se battre
contre le brigadier !

NAPOLÉON n'a pas eu la réaction escomptée quand j'ai fait tourbillonner l'enveloppe sous son nez. Il l'a seulement regardée un moment, sans comprendre.

– Tu veux que j'aille poster une lettre à ta place ? a-t-il présumé.

– C'est pour toi.

– Toi, Antoine, tu m'as écrit un mot ? a-t-il déduit, incrédule.

– Tu vas voir, j'ai fait très attention à ne pas faire de fautes !

❦

En classe, je me suis surpris à quelques reprises à loucher du côté de Sarah. Je croisais son regard chaque fois. Au troisième coup d'œil, elle m'a même salué avec les doigts !

Au son de la cloche, elle est venue me voir pour me dire qu'elle pouvait me donner sa photo si je la voulais. Je pourrais ainsi continuer à la contempler, le soir, chez moi. À défaut de ne pas pouvoir disparaître, j'ai ri jaune.

– Tu ferais mieux de te préparer pour le match. Alexandre ne te laissera aucune chance, cette fois.

Je n'ai rien trouvé de mieux à lui dire.

– Je suis toujours prête, et ton Alexandre ne me fait pas peur. J'ai plus d'un tour dans mon sac, tu sauras.

Elle me menait en bateau, la nouvelle. Elle s'est tenue loin du terrain de jeu durant toute la récré. Elle ne voulait déjà plus rien savoir du soccer.

Alex était désappointé. Pas moi. L'absence de Sarah faisait bien mon affaire. Ainsi, mon copain allait arrêter de me rebattre les oreilles avec elle. Mais j'avais tort. Alexandre l'a pourchassée toute l'avant-midi dans le but de la narguer. Il lui reprochait, entre autres, d'avoir laissé tomber ses coéquipiers. C'est elle qui lui a finalement cloué le bec, en le priant de ne plus la *cruiser*.

Mon ami bouillait de rage. La vapeur lui sortait des narines ! Je me suis tenu à l'écart. C'était ses problèmes. Il fallait la laisser tranquille s'il ne voulait pas avoir affaire à elle.

Tout de même, je trouvais leur comportement étrange. Alexandre courait après Sarah pour rire d'elle, qui ne manquait pas une occasion de le provoquer. Au fond, peut-être était-elle plus sensible aux blonds aux yeux bleus qu'elle ne le laissait croire ?

Histoire à suivre.

Durant l'après-midi, je ne suis pas certain d'avoir échangé plus de dix mots avec Alex. Un record ! Au son de la dernière cloche, je me suis informé auprès de lui si ses plans tenaient toujours pour ce soir. Il ne savait même pas de quoi je parlais ! La pratique de hockey lui était complètement sortie de la tête. Après lui avoir rafraîchi la mémoire, il a paru embêté. On aurait dit que ça ne lui faisait pas plaisir de me parler. Il semblait pressé de s'en aller. Il a seulement marmonné qu'il n'était plus disponible. Je voulais savoir pour quelle raison. Apparemment, une migraine infernale lui gâchait la vie depuis ce matin. Sur ce, il est parti sans dire au revoir.

Je suis resté immobile pendant dix secondes. Ce n'était pas du tout le genre d'Alex de se plaindre d'un mal de tête ! Ce gars-là était toujours en superforme. Il n'avait jamais mal nulle part. Je me suis ensuite rappelé le fameux combat Martineau-Bérubé. Alex ne voulait pas rater cet affrontement historique – ce sont ses mots – pour rien au monde.

Toutefois, j'étais étonné qu'il n'essaie pas de m'emmener avec lui. Après tout, Alex n'était pas bête. Il devait bien se douter que j'aurais poliment refusé son invitation.

À la sortie de l'école, j'ai eu droit à une vision-choc. La bande à Bérubé était sur le dos du brigadier !

Je me suis dépêché d'aller voir de plus près ce qui se passait. Le plus petit des quatre aboyait à la face de monsieur Dumulon. Soudain, il s'est mis à le pousser. Aussitôt Bérubé s'est interposé entre les deux en tenant son copain à distance. Il a ensuite jeté un regard noir au brigadier avant d'entraîner ses trois acolytes plus loin.

Peut-être la bande à Bérubé avait-elle décidé de lui dire une fois pour toutes sa façon de penser en utilisant la force au lieu de la parole ? Ou peut-être ne faisait-elle que s'échauffer en vue de la bagarre qui l'attendait ?

J'ai essayé de tirer les vers du nez à Napoléon. Il s'est contenté de me rappeler qu'il fallait toujours attendre son signal avant de traverser. Et ce n'était pas son problème si ce règlement ne faisait pas l'affaire de certains.

Il avait presque l'air heureux en me disant ça. J'étais soulagé. L'altercation ne l'avait pas énervé outre mesure. Au contraire, on aurait dit qu'il était plus calme que d'habitude.

❧

Après souper, j'ai ressenti une vague d'ennui s'abattre sur moi. J'ai allumé mon ordinateur dans l'espoir de me divertir, mais ça m'a paru pire. Je n'avais pas envie d'activités virtuelles. Je n'avais pas le cœur à *surfer* sur le Net.

Madame Chevalier avait visiblement autre chose à faire que de se tourner les pouces. Elle préparait un souper romantique avec tout le tralala de circonstance : nappe bourgogne, chandeliers en fer forgé, coutellerie des grandes occasions. Elle veillait avec minutie à ce que tout soit parfait. Tout à coup, elle m'a aperçu et m'a adressé un beau grand sourire qui m'a gêné. J'ai décidé de baisser les stores.

J'ai pensé au brigadier au pas de ma porte, subjugué à la vue d'Irène Chevalier.

Je me suis ensuite tapé le front avec la paume de ma main. Bien sûr, c'était LUI qu'elle attendait pour souper! C'était pour lui qu'elle se donnait tout ce mal!

Ma voisine s'apprêtait à passer une vraie belle soirée, tandis que la mienne s'annonçait des plus monotones. J'étais déprimé juste à y penser.

J'ai fini par me prendre en main. J'ai décidé d'aller jouer au hockey tout seul. J'avais grand besoin de m'activer. Une fois rendu au parc, j'allais sûrement me trouver des partenaires de jeu.

Au départ, si je me suis inscrit dans un club de hockey, c'est en partie pour contrer un minime problème de poids. Selon certains, je suis grand pour mon âge, mais d'autres me trouvent plus gros que grand. J'avoue, j'accuse un petit surplus de poids. Et comme je ne tiens pas à devenir obèse, je m'arrange pour bien m'alimenter et, autant que possible, faire du sport.

Ma mère m'a permis d'aller à la patinoire à la condition que mes devoirs soient terminés et que je rentre avant huit heures trente. Je n'ai pas oublié de la remercier avant de sortir.

Il n'y a pas foule les mardis soir au parc. Ce soir, c'était pire. Quatre personnes avaient eu le courage de chausser leurs patins, moi inclus. Par ailleurs, j'étais de loin le plus jeune.

J'ai commencé par pratiquer mes lancer-frapper. Ça me faisait drôle de manier la rondelle sans camarade à qui faire la passe. Après une dizaine de minutes d'échauffement, j'ai envoyé sans faire exprès la rondelle par-dessus la bande. Elle a échoué quelque part dans un immense banc de neige. Elle devenait presque aussi difficile à trouver qu'une aiguille dans une botte de foin ! Les deux patins enfoncés profond dans la neige, je me suis mis à sa recherche en me jurant d'en apporter deux la prochaine fois.

– C'est ça que tu cherches, a prononcé une voix que j'avais déjà entendue mais que je n'arrivais pas à identifier.

Sarah Deschamps tenait ma rondelle dans sa main. J'ai pris ce qui m'appartenait, je l'ai remerciée et suis retourné sur la glace. D'où sortait-elle, celle-là ? J'étais certain de ne pas l'avoir aperçue sur aucune des deux patinoires. Je m'en serais souvenu !

D'autres joueurs étaient arrivés et certains s'amusaient à s'échanger le disque. L'un d'eux a proposé de disputer une partie. Nous avons rassemblé nos bâtons de hockey au centre, et quelqu'un s'est chargé de les départager de part et d'autre de la patinoire. Voilà, les équipes étaient formées, la partie pouvait commencer.

Le niveau de jeu était supérieur au mien, je n'ai pas honte de l'avouer. En plus, j'étais déconcentré. J'inspectais régulièrement les alentours pour voir si Sarah assistait au match. Apparemment non. Elle devait avoir quitté les lieux après m'avoir redonné ma rondelle.

En fin de compte, j'ai arrêté après une demi-heure de jeu. Je n'avais plus la tête au hockey. Je ratais quasiment toutes mes passes. J'étais tout de même satisfait. Cet exercice valait mieux qu'un tête-à-tête avec mon ordi.

Comme le temps me le permettait, j'ai flâné sur le chemin du retour. J'étais affairé à frapper des blocs de glace avec mon bâton quand j'ai revu cette démone de Sarah Deschamps en bas de la côte.

Décidément, cette fille n'était pas comme les autres. Elle était accroupie devant une bouche d'égout. J'ai hésité un moment à prendre un autre chemin, mais c'était trop tard. Elle m'avait vu et s'était redressée. Pire, elle m'attendait.

Cette fois, j'avais le temps de trouver quelque chose à dire avant d'arriver près d'elle.

– T'as perdu un verre de contact dans l'égout ?

– Un verre de contact, non. Ce serait plutôt le contraire, a-t-elle répliqué d'un air enjoué. C'est pas quelque chose que j'ai perdu, c'est quelque chose que j'ai trouvé.

Elle m'a invité à constater de mes propres yeux. Sur un amas de détritus congelés au fond du trou reposait un billet de vingt dollars flambant neuf.

J'ai regardé Sarah un instant. Elle semblait fière de sa trouvaille. Puis, je me suis penché à nouveau pour m'assurer que j'avais bien vu.

– Quelqu'un doit nous espionner en ce moment, croyait Sarah, occupée à inspecter les environs. Ça doit être un vieil excentrique retraité qui a déposé l'argent là-dedans dans le but de tester nos réactions.

Quelle idée farfelue ! J'ai quand même jeté un œil aux fenêtres des immeubles avoisinants. Sarah fabulait. Personne ne nous épiait.

Avec un sérieux déconcertant, elle m'a fait une proposition pour le moins alléchante : elle était prête à partager la moitié de la somme avec moi si je l'aidais à récupérer le billet.

Je n'ai pas mis une seconde à y réfléchir, j'ai tout de suite accepté. J'ai d'abord tenté de soulever la grille métallique, mais une épaisse couche de glace rendait la tâche trop difficile. Ensuite, j'ai tenté d'insérer mon bâton de hockey entre les fentes. À ma grande surprise, mon bâton s'est avéré trop large.

Alors Sarah m'a fait signe de la suivre. Elle avait manifestement une idée en tête, mais elle ne voulait pas me la dévoiler.

Nous avons abouti chez elle. Plus précisément dans son garage. Son père, qui bricolait sur sa souffleuse, s'est approché de moi en m'apercevant.

– On se serre la pince ? a-t-il proposé en guise d'introduction.

– Papa, on n'est pas des homards ! a répliqué sa fille, déjà exaspérée.

Il ne devait pas être évident de vivre sous le même toit que quelqu'un de la trempe de Sarah. Ce devait être fatigant à la longue. Et l'air découragé sur le visage de son père me l'a confirmé.

Somme toute, il était intrigué par les faits et gestes de sa fille. Moi aussi d'ailleurs. Surtout qu'elle ne nous a servi aucune explication, trop occupée qu'elle était d'enfoncer un clou dans une mince planchette en bois.

– Voilà ! s'est-elle exclamée, satisfaite. Notre nouvelle canne à pêche ! Avec ça, on devrait revenir avec une prise d'au moins vingt piastres !

Son père est retourné à sa besogne sans poser de questions. Il devait être habitué aux comportements extravagants de sa fille.

De retour à la bouche d'égout, nous nous sommes empressés de nous mettre à l'ouvrage. En fait, la manœuvre s'est avérée si facile que je comprenais mal pourquoi Sarah avait réclamé mon aide. Car cette aide n'était pas gratuite. Il s'agissait d'un travail rémunéré. Si Sarah avait procédé seule, elle se serait enrichie de dix dollars ! En plus, c'est elle qui s'est tapé presque tout le boulot. C'est elle qui a fait glisser le clou sous le billet et qui l'a remonté jusqu'à la grille. Moi, tout ce que j'ai eu à faire, c'est de passer ma main sans mitaine dans une des fentes et de le coincer entre deux doigts. Et le tour était joué !

Nous sommes retournés une nouvelle fois chez elle pour montrer notre trouvaille à son père. Il a observé le billet, sceptique, puis a consenti à nous remettre chacun dix dollars. Sarah et moi, nous souriions comme des idiots.

En y repensant, j'étais très content d'avoir pris l'initiative d'aller jouer au hockey tout seul. Si j'y avais été avec Alex, comme prévu, j'aurais probablement joué plus longtemps et je serais passé à côté d'une jolie somme d'argent. Mais c'est surtout Sarah que je devais remercier.

– T'as des idées sur ce que tu vas faire avec autant d'argent ? s'est-elle informée.

J'ai eu beau fouiller dans ma boîte de désirs, je n'ai rien trouvé de spécial. Sarah, elle, prévoyait s'acheter plein de bébelles : des patins neufs, le kit complet du magicien débutant, une lampe de poche. Elle n'avait aucune notion du prix que valaient les choses. Je me suis permis de me moquer d'elle. Juste un peu.

– Qu'est-ce qui te fait croire que je ne plaisantais pas ? a-t-elle insinué au bout d'un moment.

– Euh…

Elle m'avait eu, c'est le moins que l'on puisse dire.

Pour changer de sujet, j'ai essayé d'imaginer le pauvre type qui avait réussi l'exploit quasi incroyable de perdre vingt dollars dans un égout. L'exercice a donné naissance à une bonne rigolade.

– Je suis contente de t'avoir rencontré, ce soir. Tu t'en doutes sûrement, je ne connais pas grand monde dans le coin. Ça fait que…

Il y avait un malaise. Assez pour que Sarah ne termine pas sa phrase.

Je ne la connaissais pas beaucoup, c'est vrai, mais je la connaissais assez pour savoir que ce n'était pas son genre de laisser ses phrases en suspens. Elle avait dû remarquer que je ne me sentais pas tout à fait à l'aise puisqu'elle a dit :

– Je ne vais pas t'embrasser, si c'est ça qui te fait peur de même !

J'ai senti une bouffée de chaleur se répandre à la grandeur de ma figure. À mon grand désarroi, j'étais en train de rougir. Elle l'avait remarqué, j'en étais certain. Pire, elle a fait exprès pour aggraver mon cas.

– Quoique… dix dollars, ça vaut ben un p'tit bec !

Elle a aussitôt éclaté d'un long et puissant rire.

– Ah ah ! tu t'es pas vu la tête, mon gars ? Tu peux te rassurer, je cherche pas de petit ami.

Huit heures et demie arrivaient rapide-
ment. Le moment de la séparation avait
sonné. C'est donc avec le cœur léger et
dix dollars en poche que je suis retourné à
la maison.

Ce soir, je venais de me faire une amie.
Ma première amie de fille.

Où est donc passé le brigadier ?

J'AI FAIT le calcul. Je fréquentais l'école Buissonneau depuis quatre ans et demi. J'ai vérifié sur le calendrier : une année scolaire compte cent quatre-vingts jours. Au total, j'avais huit cent dix jours d'école à mon actif. Je voyais monsieur le brigadier une fois le matin, deux fois le midi et une dernière fois en fin de journée. Donc, quatre fois par jour. Le nombre total de jours passés à l'école multiplié par le nombre de fois que je le voyais par jour me donnait le chiffre de trois mille deux cent quarante. En somme, j'avais croisé Napoléon plus de trois mille fois dans ma vie. Et sur ces quelque trois mille fois, il ne lui était jamais arrivé d'être absent. Sauf ce matin.

Monsieur Dumulon n'était pas à son poste, ni aucun autre brigadier d'ailleurs. Autrement dit, aucun adulte n'était sur place pour surveiller cette intersection plutôt achalandée.

J'ai pensé faire un saut rapide chez Napoléon, histoire de m'assurer que tout était sous contrôle. Je savais qu'il demeurait à deux pâtés de maisons de son lieu de travail, à moins de trois minutes à pied. Je l'avais vu à quelques reprises entrer et sortir d'un immeuble à logements.

Mais je n'y suis pas allé.

Après une excitante soirée passée en compagnie de la voisine, il n'avait peut-être pas réussi à fermer l'œil de la nuit et, ce matin, il dormait trop dur pour entendre le réveil. Ou il avait omis par distraction de le régler. Ou bien il n'avait carrément pas couché à la maison. Qui sait, peut-être s'était-il envolé avec sa belle dans quelque pays exotique pour célébrer leur amour qui avait pris plus de soixante ans avant de voir le jour ?

Chose certaine, il fallait qu'il soit amoureux rare pour délaisser son job !

❂

À voir Alex, j'ai compris que son mal de tête ne s'était pas adouci. J'ai eu le malheur de lui demander comment il allait. Il n'a pas eu besoin de me faire un dessin pour que je comprenne qu'il voulait rester seul.

Heureusement, Sarah est venue colorer cet étrange début de matinée en me rappelant l'argent providentiel de la veille. J'étais content qu'elle m'adresse la parole. Comme elle est de nature plutôt imprévisible, je craignais qu'elle m'ignore.

À la récréation, je l'ai convaincue de réintégrer son équipe de soccer. Seulement cette fois, c'est Alexandre qui avait décidé de boycotter la partie. Le monde à l'envers ! Il avait décidé de passer la récré à l'intérieur, signe que son mal de bloc était devenu insoutenable. S'était-il rendu à l'infirmerie ? Je n'en savais rien. Au retour en classe, il était assis à sa place et il boudait.

Au milieu du cours, j'ai compris. On pouvait dire que ça m'en avait pris du temps ! C'est nulle autre que mademoiselle Deschamps qui le mettait dans cet état. Il avait bien vu que je devenais ami avec elle et il ne l'acceptait tout simplement pas.

Pauvre Alex ! Ce n'était pas une raison pour broyer du noir. Mais bon, je ne m'en suis pas fait longtemps pour lui. C'est un grand garçon, il finirait bien par se faire à l'idée.

Le midi, il n'y avait toujours pas de brigadier à l'intersection. C'était anormal. Préoccupé par la sécurité des jeunes comme il l'était, monsieur Dumulon se serait trouvé un remplaçant. Il lui était peut-être arrivé un accident?

Madame Chevalier m'a interpellé avant que je rentre dîner. À voir la tête qu'elle faisait, sa soirée d'hier ne s'était pas déroulée comme elle l'aurait souhaité. Je l'aurais peut-être interrogée à ce sujet si elle ne m'avait pas remis sur-le-champ une autre enveloppe. À en juger par l'épaisseur et le poids de la lettre, ce n'était pas une simple invitation à souper, cette fois. Et si je me fiais à son humeur, il n'y avait sûrement pas que de belles choses écrites là-dedans.

J'ai jugé pertinent de lui signaler la curieuse absence de monsieur Dumulon aujourd'hui. La nouvelle a tout de suite inquiété ma voisine. Elle a marmonné pour elle-même qu'elle allait essayer de le joindre par téléphone puis, avant de me quitter, elle a décidé au dernier instant de reprendre sa lettre.

Je dois avouer que la soudaine disparition du brigadier m'inquiétait moi aussi. J'ai essayé d'en glisser un mot à Sarah avant la reprise des cours, mais elle avait semble-t-il quelque chose de plus important à m'annoncer.

Elle avait adopté un ton grave et une allure sérieuse auxquels elle ne m'avait pas encore habitué.

– J'ai mal dormi, hier. Je suis prête à te dire pourquoi à la seule condition qu'on reste amis après.

– Euh…

– Deux choses : la rondelle que je t'ai donnée hier, ce n'était pas la tienne. C'en était une que j'avais trouvée quinze minutes plus tôt. Et…

Elle s'est raclé la gorge.

– … le vingt piastres… c'était le mien.

– Quoi ?

– C'est moi qui l'ai mis dans l'égout.

– Mais…

– Pour piquer ta curiosité. Pour faire connaissance. Je pensais qu'on jaserait un peu quand je t'ai remis la rondelle, mais non. Tu semblais ultra-pressé de retourner sur ta patinoire. Alors, j'ai dû trouver un autre moyen d'attirer ton attention.

J'avais besoin de trente secondes pour digérer ces nouvelles données.

– Un instant, ai-je réclamé, en essayant d'y voir clair. Tu veux dire que t'étais prête à faire tes adieux à un dix dollars juste pour être copain avec moi ?

Ma question l'a gênée. C'était réconfortant de voir ça : c'est elle qui jaunissait maintenant.

– Tu m'en veux pas, hein ? craignait-elle.

– T'en vouloir pourquoi ? Pour m'avoir donné dix piastres ?… Non seulement je ne t'en veux pas, mais si t'as envie de recommencer, je t'y invite fortement !

– Oh non, tu peux être sûr que je ne recommencerai pas. Je déteste le mensonge. Je ne sais pas ce qui m'a pris d'agir ainsi.

J'étais éberlué. Cela voulait dire qu'elle avait tout simulé depuis le début. J'avais donc affaire à une sacrée comédienne.

– J'ai pas d'allure, hein ? a-t-elle avoué, désolée.

– Tu veux vraiment le savoir ?

Non, elle n'y tenait pas.

Au bout du compte, avec cette stupéfiante révélation, j'avais complètement oublié de lui parler du brigadier. Même que j'ai pensé à lui seulement quand je me suis retrouvé à son intersection en fin de journée. Les plus petits profitaient de son absence pour se chamailler.

Je n'ai pas hésité longtemps. J'étais dévoré par la curiosité. Il fallait que j'aille voir. Ne serait-ce que pour lui parler des belles intentions de madame Chevalier à son égard. Il n'avait pas honoré le souper de ma voisine de sa présence et elle avait toutes les raisons du monde de lui en vouloir. Puis, il n'y a pas de mal à se prendre pour Cupidon une fois de temps en temps.

Dans le hall d'entrée de son immeuble, j'ai frappé un mur. Les noms des résidants n'étaient pas inscrits sous les différentes sonnettes. On n'y retrouvait que le numéro des appartements. Et comme je n'avais pas la moindre idée quel logis habitait le brigadier, il ne me restait plus qu'à prendre une chance et choisir une sonnette au hasard en me croisant les doigts. Mais l'idée d'importuner un inconnu m'a ôté tout mon courage.

Par la suite, j'ai fait le tour dans l'espoir d'apercevoir monsieur Dumulon à travers l'une des fenêtres. L'ennui, c'est qu'il faisait déjà noir dehors et la plupart des locataires avaient déjà tiré leurs rideaux.

Par contre, sur une étroite fenêtre du sous-sol j'ai remarqué une enseigne de *Parents Secours*. Peut-être une initiative du brigadier ? J'ai tenté de jeter un coup d'œil à l'intérieur, mais les stores ne m'en offraient pas la possibilité.

Sans avoir de plan en tête, je suis retourné à l'entrée. Et là, par chance, un homme sortait au même moment où je pénétrais dans le hall. J'ai fait comme si je résidais là depuis toujours et je me suis précipité à l'intérieur avant que la porte se referme et se verrouille automatiquement. Je ne me suis pas retourné pour vérifier si l'inconnu me faisait des gros yeux. J'ai descendu les quelques marches menant au sous-sol et j'ai essayé de localiser l'appartement où j'avais noté l'enseigne de *Parents Secours*. Je n'ai pas eu à chercher bien longtemps, car au bout du corridor, j'ai vu, collé sur une porte, un dessin d'enfant montrant un brigadier avec une pancarte d'arrêt-stop à la main. J'ai aussitôt fait les déductions qui s'imposaient.

Avant de frapper, je me suis rendu compte que j'étais nerveux. Mon cœur battait un peu plus fort que d'habitude.

Comme monsieur Dumulon n'a plus ses tympans de jeunesse, j'ai frappé avec force. Au troisième coup, la porte s'est ouverte… sans que personne vienne l'ouvrir.

Elle avait été mal enclenchée. Ce n'était rien pour me rassurer. Car il me paraissait improbable que Napoléon n'ait pas verrouillé sa porte, encore plus qu'il l'ait mal fermée. La veille, au souper, j'avais justement appris qu'il avait été serrurier avant de prendre sa retraite et devenir brigadier.

– Monsieur Dumulon !… Monsieur Dumulon !…

Je me suis permis d'entrer. Deux pas seulement. Car le spectacle désolant qui s'est offert à moi m'a cloué sur place.

Le logis avait été complètement saccagé.

L'apocalypse chez
monsieur le brigadier

L A PREMIÈRE IMPRESSION que j'ai eue en entrant, c'est qu'il avait neigé dans l'appartement du brigadier. Un tapis blanc recouvrait le mobilier et le plancher. À la vue du sac vide qui traînait à mes pieds, j'ai compris que de la farine avait été répandue à la grandeur du salon. Mais ce n'était rien comparé au reste des dégâts. Table, chaises, sofa, même la télé, avait été renversés. Les armoires avaient été fouillées. Certains tiroirs avaient même été virés sens dessus dessous. À terre l'on retrouvait une foule d'accessoires de cuisine : des casseroles, des livres de recettes, de la vaisselle.

Un désastre !

Sur le coup, je me suis demandé si ça pouvait être monsieur le brigadier qui avait causé tout ce bordel avant de filer à l'autre bout du monde. Mais cette hypothèse n'avait pas de sens. Même s'il avait voulu tout détruire, il n'en aurait pas eu la force nécessaire.

Je devais me rendre à l'évidence. Quelqu'un lui en voulait personnellement. Peut-être même avait-il été kidnappé !

J'étais en train d'évaluer cette éventualité, de plus en plus angoissé, lorsque j'ai perçu un faible bruit. Comme si on avait frappé à la porte. Mais c'était impossible, car elle était grande ouverte, et je ne voyais personne.

Les voleurs !

Ils étaient peut-être encore sur le lieu du crime ? J'ai eu si peur que j'en ai presque perdu l'équilibre. J'ai vite tenté de me raisonner. Le bruit devait plutôt provenir d'un autre appartement.

– Monsieur le brigadier, vous êtes là ? ai-je crié d'une voix mal assurée.

En guise de réponse, j'ai eu droit à la sonnerie stridente du téléphone qui m'a fait le même effet que si la foudre m'avait frappé.

Ce devait être Napoléon qui appelait pour me donner de ses nouvelles. À la seconde sonnerie, je me suis trouvé bête de penser ça. Un appel des ravisseurs pour une demande de rançon ? Un faux numéro ?

Le meilleur moyen d'arrêter de me faire des idées était d'en avoir le cœur net. J'ai décroché. C'était madame Chevalier. J'aurais dû y penser. Après un silence de plusieurs secondes, le temps de retrouver la parole, je suppose, elle m'a demandé ce que je faisais là et si Napoléon était avec moi. J'ai juste dit que ça n'allait pas bien ici et que je lui raconterais plus tard. Je me sentais honteux de lui raccrocher au nez, mais j'étais incapable de lui dire la vérité. C'était au-dessus de mes forces.

Alors que j'essayais de reprendre mes esprits, j'ai détecté un autre bruit, comme un gémissement de fantôme, qui semblait provenir du garde-manger. Je me suis approché à petits pas, avec la terrifiante impression que quelqu'un allait me bondir dessus d'un moment à l'autre. Le dossier d'une chaise était appuyé sous la poignée de façon à bloquer la porte. Le fantôme s'est tu pour faire place à une voix faible et éraillée. Le râle d'un mourant.

– Ouuuvrez… Ouuu…

Sans perdre de temps, j'ai retiré la chaise et ouvert la porte. Monsieur Dumulon était couché au sol, recroquevillé comme une crevette, un aspirateur portatif à la main.

J'ai bondi d'un mètre en arrière et détourné le regard, incapable de supporter la vision du cadavre du brigadier à mes pieds.

Heureusement, Napoléon n'était pas encore mort. Pour me le prouver, il a bougé. Il a laissé tomber son bras gauche hors du garde-manger, puis il a planté deux petits yeux horrifiés dans les miens, en déployant un effort désespéré pour sourire.

Il n'était pas habillé comme d'habitude. Il avait revêtu un complet veston-cravate noir très chic, comme pour se rendre au salon mortuaire ou un truc de ce genre. En tout cas, il ne se serait certainement pas mis sur son trente-six s'il avait su qu'il passerait autant de temps dans le garde-manger.

Sans plus attendre, je l'ai aidé à se sortir de là. Ce faisant, il a renversé sur son pantalon et par terre le jus d'une boîte de conserve ouverte. Une vilaine odeur de sardine m'est montée au nez.

Le pauvre Napoléon a eu un mal de chien à déplier les jambes. Le moindre effort était accompagné d'épouvantables grimaces. J'ai vite remis le fauteuil sur pied pour l'y installer. Une fois en place, il

s'efforçait tant bien que mal de respirer.
Juste respirer.

– Ne vous en faites pas, ça va bien
aller, m'sieur Dumulon.

J'ai essayé de prendre un ton rassurant,
mais en réalité j'étais désemparé, au bord
de la panique. C'était la première fois que
je trouvais quelqu'un enfermé dans un
placard. Je ne savais pas du tout quoi faire
dans un pareil cas.

J'ai alors pensé à mon père. Il savait
toujours quoi faire, lui, en situation d'urgence. Je me suis rué sur le téléphone
pour appeler sa compagnie de taxi.

– Pouvez-vous demander à mon père
de se rendre chez le brigadier, me suis-je
empressé de dire.

– Il faudrait d'abord que je sache QUI
est ton père et que tu me donnes ensuite
l'ADRESSE de ce brigadier, m'a indiqué le
répartiteur.

J'ai regardé en direction de Napoléon
pour qu'il me donne son adresse, mais il
ne se préoccupait pas de moi. Il n'était
même plus à l'endroit où je l'avais laissé. Il
se tenait à genoux devant un meuble du
salon.

Il a donc fallu que je fasse patienter
mon interlocuteur et que j'aille vérifier le

numéro à l'entrée de l'immeuble. De retour dans l'appartement, j'ai aussitôt communiqué les informations manquantes au monsieur au téléphone. Il m'a assuré qu'il transmettait le message à l'instant même.

Cet appel m'avait rassuré. Il m'avait permis de chasser une partie de ma détresse. J'ai baissé les yeux en direction du brigadier pour voir si lui aussi se portait mieux. Ce n'était pas le cas. Les mains tremblantes, il ramassait des morceaux de photos que les voleurs avaient déchirées et jetées par terre. Il s'agissait pour la plupart de photographies de famille en noir et blanc, agrandies et encadrées. Il était affolé. Il n'arrêtait pas de répéter : « Mon Dieu, mon Dieu… » lorsqu'il s'est coupé avec un morceau de vitre cassée provenant de l'un des cadres. Il a regardé son doigt saigner et s'est effondré en larmes.

Je l'ai de nouveau aidé à se redresser et à s'asseoir dans le fauteuil. Je suis ensuite allé chercher un pansement dans la salle de bains. À mon retour, il sanglotait, le visage enfoui dans ses mains.

Je n'ai pas osé m'approcher de lui. Il aurait fallu que j'aille le consoler, comme ma mère sait si bien le faire avec moi, mais j'étais pétrifié par son malheur.

C'est à ce moment-là que mon père est arrivé. Il s'est figé sur le pas de la porte d'entrée à la vue des dégâts. Nos regards se sont croisés et il s'est précipité à la rescousse de Napoléon. Il s'est accroupi à ses côtés, saisi par sa figure inondée de larmes et de sang.

Mon père s'est d'abord informé s'il avait quelque chose de cassé, s'il pouvait marcher. Il m'a ensuite demandé de lui apporter de l'eau. Quand je suis revenu, un verre à la main, il calmait le brigadier avec des paroles réconfortantes tout en peignant avec ses doigts le peu de cheveux qui lui restait.

J'ai entrepris de faire du ménage. Sur une photographie épargnée par le carnage j'ai aperçu une femme ravissante aux bras d'un jeune Napoléon fringant. Il avait l'air tellement heureux.

Par curiosité, j'ai mis un pied dans la chambre à coucher. Je n'en croyais pas mes yeux ! On aurait dit que les malfaiteurs avaient placé une bombe sous le lit pour le faire exploser. Le matelas, à la verticale contre le mur, avait été lacéré de toutes parts de coups de couteau. Les plumes des oreillers éventrés reposaient aux quatre coins de la pièce.

Décidément, quelqu'un en voulait à mort à Napoléon Dumulon. Et pas seulement à lui… mais aussi à son lit !

Soixante-dix-sept années
de malheur pour le brigadier

« AVEC UN MATELAS comme le tien, tu dois te payer des maudits beaux rêves ! »

Je me souvenais mot à mot du commentaire du soi-disant nettoyeur pro. Après un court instant de réflexion, j'ai compris ce qui s'était passé ici. J'ai su qui avait chamboulé l'appartement de la sorte. Et c'est justement à ce moment-là que mon père est venu me questionner. Il avait laissé monsieur Dumulon se rafraîchir à la salle de bains. Je lui ai résumé ma journée, de ma surprise de ne pas trouver le brigadier à son poste au choc que j'ai eu en le retrouvant dans son garde-manger. Mon père réfléchissait à toute allure. Dans un profond soupir, il a abandonné, aussi confus qu'avant. Il s'est emparé de quelques vêtements propres sur le sol avant de retourner auprès de Napoléon.

Après l'avoir rendu présentable, il a contacté la police. Même pas cinq minutes plus tard, deux policiers venaient constater l'effraction.

C'était la première fois que je rencontrais des flics ailleurs qu'à l'écran de ma télévision. Je dois dire qu'ils m'ont impressionné. L'un d'eux a déclaré à mon père qu'il s'agissait probablement d'un acte de vengeance perpétré par de jeunes amateurs, des impulsifs ayant agi sur un coup de tête. Ceux-ci ne s'étaient manifestement pas souciés du vacarme qu'ils ont dû généré ni des traces de pas qu'ils ont laissées dans la farine. De plus, ils avaient quitté le lieu du crime à la sauvette, en omettant de bien refermer la porte.

Les agents ont interrogé mon père en premier. Selon lui, rien n'avait été volé, mais tout était perdu. Monsieur le brigadier, encore sous le choc, n'était pas en mesure de témoigner. Il a seulement dit que trois ou quatre individus en cagoule avaient pénétré chez lui, hier, à peu près à cette heure-ci.

Les policiers m'ont ensuite posé quelques questions. Quelle était ma relation avec le brigadier ? Connaissais-je des gens qui lui voulaient du mal ? Je leur ai offert mieux que ça, je leur ai dévoilé l'identité du coupable. Un cow-boy qui conduisait en malade une camionnette rouillée immatriculée… *BCL 226.*

On m'a réclamé quelques précisions. J'ai raconté de mon mieux l'incident du début de la semaine. On m'a avoué que c'était plutôt rare les jeunes qui retenaient de mémoire les numéros d'immatriculation. Je crois que la police me soupçonnait de vouloir les entourlouper. Je me suis donc empressé d'expliquer que c'était une sorte de loisir chez moi de m'attarder sur les plaques d'immatriculation des véhicules en circulation. Mon jeu consistait à former un mot à partir des lettres. Je le faisais par défi, et pour passer le temps aussi, quand les balades familiales devenaient ennuyantes. Par curiosité, un des agents m'a demandé quel mot j'avais trouvé avec les lettres BCL.

– Imbécile.

Il n'a pas souri, mais j'ai senti qu'il en avait envie.

Il s'est ensuite entretenu avec mon père en privé. Puis, pour finir, il lui a suggéré de conduire la victime à l'hôpital, ce que nous nous sommes empressés de faire. Les policiers sont restés sur les lieux afin de poursuivre leur enquête.

D'un téléphone public au centre hospitalier, mon père a informé le meilleur ami de Napoléon du drame. Grand-père Tibo n'a pas tardé à venir nous rejoindre à l'urgence. Il a offert de rester jusqu'en fin de soirée. « Ça, c'est un ami », m'a confié mon père avant d'embarquer dans la voiture pour retourner à la maison.

Rongée par l'inquiétude, ma mère nous attendait à l'entrée. Elle devait se douter de quelque chose. Mon père l'a prise dans ses bras avant de lui apprendre la terrible nouvelle. De mon côté, j'en racontais des bouts de temps en temps, mais j'étais dur à suivre. J'étais encore trop énervé. Il régnait dans mes idées à peu près le même désordre que dans l'appartement de monsieur le brigadier.

– Mais dans quel monde on vit ? a déploré ma mère à trois reprises.

Ensuite, même si aucun de nous n'avait faim, nous avons cassé la croûte. Mon frère Mathieu est arrivé à ce moment-là, joyeux à cause du bon résultat qu'il avait eu à son examen. Sa belle énergie s'est vite estompée à la vue de nos têtes d'enterrement. Il n'a pas prononcé un mot quand il a su ce qui était arrivé. Il était désolé. Lui aussi avait eu Napoléon comme brigadier durant son primaire.

Pendant le repas, personne n'osait prendre la parole. Jusqu'à ce que mon père laisse échapper dans un sanglot:

– Mais pourquoi est-ce arrivé à lui? Il en a tellement bavé. Il méritait pas ça!

Je lui ai demandé pourquoi, mais il n'a pas répondu. Il a seulement ajouté qu'il fallait être dérangé pour enfermer un vieillard dans un placard.

J'ai attendu que l'émotion se dissipe un peu avant de poursuivre mon interrogatoire.

– Il est riche, monsieur le brigadier?

C'est ma mère qui m'a répondu, après quelques secondes de malaise.

– Il l'a été… Pas longtemps.

– Pas longtemps comment? a renchéri Mathieu.

– Même pas une semaine.

J'aurais aimé en savoir plus long, mais la face de madame Chevalier est apparue dans la porte d'entrée.

Ma mère a invité la voisine à prendre une tasse de thé. Elle était bouleversée. Mon père a quitté la pièce. Il n'avait pas la force de lui parler. Il en avait assez fait, je crois.

Quant à moi, je me sentais de trop. *Idem* pour mon frère. Je suis allé me reposer dans ma chambre. Je suis resté étendu sur le lit pendant plus d'une heure. Je revivais la scène du garde-manger dans ma tête. J'avais beau essayer de me calmer, je n'y arrivais pas. Je m'en voulais de ne pas être allé chez le brigadier en matinée. Si je l'avais fait, Napoléon serait resté huit heures de moins dans sa geôle !

J'étais révolté que l'on puisse réserver un tel sort à une personne aussi bonne et sympathique que monsieur le brigadier. J'en voulais à mort aux brutes inconscientes qui avaient agi ainsi. Sans me préoccuper du téléphone qui sonnait, je me suis mis à tabasser mon oreiller, comme si c'était le visage des coupables. Des larmes de fiel roulaient sur mes joues. J'ai arrêté lorsqu'une main s'est posée sur mon épaule.

– Ton grand-père vient d'appeler, m'a informé ma mère. Monsieur Dumulon se porte bien malgré tout. Bon, c'est pas la grande forme, mais il va survivre. Il doit rester à l'hôpital cette nuit. On va lui faire passer un examen psychiatrique demain.

J'aurais voulu cacher mon visage avec mes mains, comme l'avait fait plus tôt monsieur le brigadier, mais c'était trop tard, ma mère avait vu mes yeux rougis et humides.

– C'est normal de te sentir comme ça, Antoine. Ce qui n'est pas normal, c'est de faire subir de telles atrocités à de braves gens comme Napoléon. Y a des individus qui ne réfléchissent pas. Des personnes qui n'ont pas de tête, ou qui la perdent un peu trop facilement. Pire, y en a qui n'ont carrément pas de cœur. Et c'est dommage.

Elle a jugé bon de me laisser seul avec ma rancœur. Avant de refermer la porte de ma chambre, elle m'a prévenu que grand-père Tibo viendrait faire un tour tout à l'heure. À peine avais-je essuyé mes larmes qu'il était déjà arrivé. J'étais incapable de rester plus longtemps dans ma chambre. Il fallait que j'en sache plus sur ce qui s'était réellement passé.

Grand-père Tibo était assis à la table de cuisine en compagnie de mes parents et de mon frère. Il n'avait pas l'air aussi abattu que le reste de la famille. Il était encore capable de sourire, lui. C'était signe que monsieur le brigadier s'en remettait petit à petit.

Comme tout le monde avait déjà un verre entre les mains, ma mère a offert un

« p'tit cognac » à son beau-père. Il ne s'est pas fait prier pour accepter. Puis, par miracle, une tasse de chocolat chaud est apparue devant moi. Ma mère ne m'avait pas oublié.

Ensuite, mon grand-père n'a plus arrêté de parler. Oui, Napoléon finirait par s'en sortir et reprendre une vie normale. Certes, l'incident l'avait traumatisé. Il venait de passer un des plus pénibles vingt-quatre heures de sa vie. Mais le plus ardu avait été de délaisser ses écoliers dont il avait endossé la responsabilité en devenant brigadier. Si par malheur il était arrivé un accident à l'un d'eux, jamais il ne se le pardonnerait.

Napoléon s'était confié à son ami pendant plus d'une heure. Tout s'était déroulé très vite. Il avait à peine eu le temps de se rendre compte de ce qui se passait qu'on l'enfermait dans le garde-manger. Il se préparait pour un rendez-vous galant quand on avait frappé à sa porte. Il avait regardé par le judas, sans rien voir. Après s'être assuré que la chaîne était bien en place, il avait entrouvert la porte, puis avait vu un individu foncer comme un boulet de canon. Heureusement qu'il s'était enlevé de là, car la chaîne avait cédé au second coup d'épaule. Trois ou quatre individus portant chacun une cagoule s'étaient rués sur lui pour le ligoter avec du ruban de hockey et l'enfermer. Il n'avait reçu aucun coup. Il n'avait mal nulle part, Dieu soit loué !

Ensuite, il avait entendu le massacre que ces sinistres individus faisaient subir à l'appartement qu'il habitait depuis plus de vingt ans. Ils hurlaient comme des bêtes, sans toutefois communiquer entre eux. La séance de démolition n'avait pas duré plus de cinq minutes.

Après leur départ, la panique s'était emparée de lui. Il s'était mis à crier de toutes ses forces, ce qui l'avait épuisé plus qu'autre chose. Avec le choc de l'agression, il se sentait exténué comme à la fin d'une longue journée de dur labeur.

Par chance, il n'avait pas eu trop de difficulté à se défaire de ses liens. Une fois les mains libres, il avait tenté d'ouvrir la porte, mais elle avait été solidement bloquée. Il avait cogné le plafond à l'aide d'un manche à balai, jusqu'à ce que ses épaules le fassent trop souffrir. Peine perdue, ses voisins d'en haut étaient partis en voyage. Il s'en était souvenu par la suite.

Heureusement, il y avait une ampoule qu'il pouvait allumer de l'intérieur et de la nourriture à volonté. Il s'était fait de la place pour s'asseoir, puis pour se coucher. C'était étroit et inconfortable, même s'il s'agissait du plus vaste espace de rangement de l'appartement. Il essayait de se compter chanceux dans sa malchance, mais il avait bien du mal à y arriver.

Après quatre heures d'attente, il avait atteint le pic de son découragement. Irène Chevalier ne s'était pas inquiétée au point de partir à sa recherche. Le téléphone avait sonné une ou deux fois, c'était tout. Il allait devoir passer la nuit dans son garde-manger. Ce qui n'était pas indiqué pour un monsieur de sa grandeur et de son âge, qui avait une panoplie de médicaments à prendre le soir avant de se coucher.

– Il n'a donc pas eu le choix de prendre son mal en patience. Jusqu'à ce que toi, Antoine, vingt-quatre heures plus tard, tu décides d'aller fouiner chez lui. D'ailleurs, Napoléon t'en est extrêmement reconnaissant. Il aura certainement l'occasion de te le signifier.

C'était le moment ou jamais de me renseigner.

– Grand-p'pa, il paraît que Napoléon a été riche pendant une semaine. C'est vrai ?

Eh bien voilà ! Il y avait une rumeur qui courait à propos de monsieur Dumulon comme quoi il était million-naire. Oui, il l'avait été. Il avait décroché le gros lot à la loto. Les journaux régio-naux lui avaient même consacré une photo accompagnée d'une courte notice. En une seule journée, il était devenu ex-trêmement populaire dans le quartier. On l'avait surnommé le « Veinard ». Mais ce que les gens ignoraient, c'est que son en-fant qui souffrait de leucémie aiguë était décédé deux jours plus tôt à la suite d'un accident d'auto. Toute sa fortune avait été léguée à une fondation pour la maladie. Mon grand-père, qui l'avait beaucoup supporté à cette époque, croyait que son ami allait mourir de chagrin. Et comme si ce n'était pas assez, une semaine plus tard, c'était au tour de sa femme de périr en voiture dans un carambolage sur l'au-toroute.

Napoléon Dumulon s'était tout de même repris en main, même s'il n'avait pas le plus petit désir de vivre.

Voilà pourquoi il était devenu brigadier. C'était sa façon à lui d'exorciser ses démons. En évitant que d'autres en-fants soient victimes d'accidents tragiques, en évitant que d'autres parents souffrent comme lui-même avait souffert.

– Cet homme-là connaît la souffrance, a conclu mon grand-père. Et malgré tout ce qu'il a enduré dans sa vie, il s'efforce chaque jour de garder le moral, et même son sens de l'humour. C'est de loin la personne la plus courageuse que j'ai jamais connue.

Son fils aurait eu cinquante-trois ans le jour où il a soupé en notre compagnie. C'est mon grand-père qui l'avait invité à la maison. Pour rien au monde il n'aurait laissé son ami seul ce soir-là.

Le brigadier s'est changé
en brigadière

L E LENDEMAIN de cette éprouvante journée, j'étais un autre Antoine Desruisseaux. Les événements de la veille m'avaient transformé. Je ne me sentais plus le même. Je n'avais plus envie de m'amuser. Je n'avais qu'une idée en tête : trouver les coupables. Et plus qu'un seul désir : qu'ils soient sévèrement punis.

À l'intersection Belvédère-Chevalier, c'était désormais une brigadière qui aidait les écoliers à traverser. Bien sûr, elle était plus jeune que Napoléon, plus souriante aussi, et plus alerte sans aucun doute.

– Je m'appelle Liliane Legault. Je suis le nouvel ange gardien de Buissonneau. Bon matin ! m'a-t-elle lancé dans sa bonne humeur.

J'étais prêt à parier qu'elle servait le même couplet à chacun. Je n'avais pas le cœur à lui retourner son sourire. Je n'avais *a priori* rien contre elle, mais l'idée de lui voir la face quatre fois par jour ne me réjouissait pas. C'était Napoléon Dumulon, MON brigadier, que je voulais et personne d'autre !

À l'école, je suis tout de suite allé voir Alexandre. Il fallait régler nos différends. Je comptais sur lui pour m'aider à élucider l'affaire.

Je l'ai abordé en lui racontant dans les grandes lignes ce qui était arrivé. Il fuyait mon regard. Bref, il semblait s'en ficher comme des vieilles chaussettes du prof de catéchèse.

– Je ne te connais plus, Alexandre Martineau, lui ai-je avoué, énervé. On dirait que tu n'as plus toute ta tête, ces temps-ci. Tu me feras signe quand tu l'auras retrouvée. Pas avant !

J'ai un peu regretté par la suite d'avoir perdu patience avec lui. Mais je trouvais inimaginable qu'il demeure imperméable aux malheurs du brigadier.

Sarah, elle, a tout de suite deviné en me voyant que quelque chose ne tournait pas rond.

– Qu'est-ce que t'as, Antoine ? On dirait que t'as été mordu par un zombie ?

– J'ai l'air en forme à ce point-là ?

Ma compagne a aussitôt changé d'attitude. Elle se rendait bien compte que son commentaire sur les morts-vivants était mal choisi.

– Je sais, tu m'en veux pour le vingt piastres, a-t-elle présumé, craintive. T'as repensé à ça pendant toute la soirée hier et…

– Arrête, Sarah ! Ça n'a rien à voir. T'étais plus proche de la vérité avec ton zombie.

– Je te laisse deux secondes pour me raconter ce qui se passe. Si tu me le dis pas, j'avale une poignée de roches, je m'étouffe, je meurs, et t'as ma mort sur la conscience jusqu'à la fin de tes jours, Antoine Desruisseaux.

Elle avait essayé de me faire rire. Son humour n'avait pas fait mouche, mais je ne lui en tenais pas rigueur.

– T'as remarqué que ce n'était pas le même brigadier ce matin ?

– Pas vraiment. Y en a pas sur le chemin que je prends pour venir à l'école.

– En tout cas, pour faire une histoire courte, on a saccagé l'appart du brigadier et on l'a enfermé dans son garde-manger pendant une journée complète.

– Quoi ?

Au grand désespoir de Sarah, la cloche ne m'a pas permis d'en dire davantage. Elle brûlait d'envie de connaître la suite.

Au point de me proposer de sécher les cours. Mais ce n'était pas parce que l'expression *faire l'école buissonnière* s'apparentait à *Buissonneau*, le nom de l'école, que ça nous permettait d'agir de la sorte.

Nous n'avons pas touché au ballon de soccer à la récréation. J'ai plutôt soulagé l'énorme curiosité de Sarah en poursuivant mon récit.

– Tu veux mettre la main sur la vermine derrière cette sale affaire ? a-t-elle conclu après avoir écouté mon histoire jusqu'au bout.

– Comment le sais-tu ?

– Je le sais, c'est tout, s'est-elle contentée de répondre. Par quoi commence-t-on ?

Sarah se portait volontaire pour m'épauler dans mon enquête. Je ne demandais pas mieux. Comme je connaissais déjà l'un des coupables, tout ce qui nous restait à faire, c'était de dénicher des preuves de sa culpabilité. Ensuite, la police se chargerait bien de traquer ses complices.

– Tu es sûr et certain que ton chauffeur de camionnette est impliqué dans le coup ?

– Sûr ! C'est clair qu'il croyait que le matelas était bourré de fric.

– Mais pourquoi aurait-il cru une chose semblable ? Les gens ne cachent plus leurs économies sous leur matelas, a objecté Sarah. Ils le placent à la banque !

– C'est exactement ce que les malfaiteurs auraient dû se dire avant d'enfoncer la porte et de pénétrer chez monsieur Dumulon.

– On a donc affaire à un imbécile. On a au moins une information sur lui. Mais j'y pense, les policiers aussi sont au courant. Tu leur as tout dit ?

– Tout dans les moindres détails. Je leur ai même donné le numéro de la plaque d'immatriculation.

– Donc, ils vont se charger de l'épingler. L'affaire est presque réglée dans ce cas !

– Penses-tu vraiment qu'ils vont prendre au sérieux le témoignage d'un jeune de dix ans. Tant mieux si les flics lui ont déjà mis le grappin dessus, mais ça ne nous empêche pas de leur donner un coup de main.

– T'as parfaitement raison. En plus, ils sont débordés, les pauvres ! a-t-elle ajouté, surexcitée à l'idée de se glisser dans la peau d'une enquêteuse. Comment va-t-on s'y prendre ?

– J'ai passé la nuit à y réfléchir…

– Et ?

– Et aucune idée.

– C'est simple, il suffit d'espionner ton gars le plus souvent possible. Il va bien finir par se trahir à un moment donné. Le mieux, ce serait de trouver un objet volé en sa possession ou chez lui.

– Ça risque d'être difficile. Ils ont tout démoli chez le brigadier, mais ils n'ont rien emporté.

– Qu'est-ce qu'on sait sur ton cowboy, à part que c'est un imbécile ?

– Deux choses : *Tanguay Nettoyeurs Pro*, le nom de l'entreprise où il travaille, et *BCL 226*, la plaque d'immatriculation de sa camionnette.

Sarah avait déjà un plan. Elle m'a prié de la suivre jusqu'au secrétariat. Sans aucune gêne, elle s'est adressée à la secrétaire, et avec une amabilité que je ne lui connaissais pas, elle a demandé si elle pouvait consulter le bottin téléphonique. On le lui aurait prêté, même si elle n'avait pas prétexté en avoir besoin pour un travail sur la population des Deschamps dans la région. Après avoir remercié la secrétaire, elle a ensuite laissé tomber l'énorme annuaire dans mes mains. C'était à moi à exécuter la recherche. Je n'avais aucune objection. J'ai d'abord fouillé les pages blanches, puis les jaunes. Il y avait certes plusieurs compagnies de nettoyage professionnel en ville, mais aucune du nom de *Tanguay Nettoyeurs Pro*.

Nous n'étions pas plus avancés. Nous n'avions rien à nous mettre sous la dent, aucun renseignement utile. L'entreprise n'existait plus. Si le ou les propriétaires avaient fait faillite, ça expliquait du moins leur besoin d'argent.

– Ouain… a soupiré Sarah, découragée. L'enquête vient juste de commencer et on est déjà bloqués.

C'était à mon tour d'avoir une idée.

– Ce midi, dépêche-toi de manger. On va aller enquêter sur le terrain !

Chaque jour de la semaine, mon père allait dîner au même casse-croûte en compagnie de collègues de travail. Peut-être notre cow-boy avait-il également cette habitude ? Peut-être ne manquait-il jamais son rendez-vous du midi au *Déli Cathy* ? En tout cas, ça ne coûtait rien d'espérer.

À l'heure de dîner, Sarah avait trouvé une meilleure solution que de manger à la sauvette.

– Es-tu obligé de retourner chez toi pour bouffer ?

– Ma mère m'a sûrement préparé un plat. Pourquoi ?

– T'arrive-t-il parfois de manger chez Alexandre, le midi ?

– Pas souvent, mais c'est déjà arrivé. Pourquoi ?

– Tu voulais savoir ce qu'on allait faire de notre argent. Eh bien maintenant, on le sait. On va se payer la traite au restaurant !

Elle s'est informée si j'avais encore mon dix dollars avec moi. Affirmatif. Avec tout ce qui s'était passé cette semaine, j'avais oublié de l'enlever de ma poche de manteau. Puis, sur un ton solennel, elle a murmuré :

– Toutes mes excuses, chère maman, pour ce précieux repas que je lègue aux ordures.

Sur ces mots, elle a jeté son lunch à la poubelle. Pour dire vrai, ce gaspillage de nourriture ne la dérangeait pas du tout. Au contraire, elle jubilait. Un rire incontrôlable s'est emparé de moi. Ce changement de programme m'excitait. À tel point que j'ai oublié d'en aviser ma mère.

En arrivant sur les lieux, j'ai tapé des mains avec enthousiasme en apercevant l'affreuse camionnette déglinguée. J'ai ensuite repéré son chauffeur, assis au comptoir à la même place. Il me faisait dos. Il ne risquait donc pas de me voir approcher de son véhicule.

En somme, il n'y avait pas grand-chose qui pouvait servir de preuve : des outils crasseux, indignes d'appartenir à des *Nettoyeurs Pro*, des gobelets en plastique, des sacs de chips vides. À voir cette gigantesque poubelle sur roues, il n'était pas étonnant que son propriétaire n'ait eu aucun scrupule à virer à l'envers l'appart de Napoléon !

Je me sentais fébrile. C'était la première fois que j'allais au restaurant sans la compagnie d'un adulte. Sarah, elle, se sentait dans son élément. Comme à peu près n'importe où et avec à peu près n'importe qui.

La serveuse est venue nous voir aussitôt que nous nous sommes installés sur une des banquettes.

– Comme ça, vos parents vous ont permis de venir manger chez *Déli Cathy* ce midi ?

– On a assez d'argent pour payer, si c'est ça qui vous inquiète, Madame.

Avec un air bête parfaitement compréhensible, la serveuse nous a remis les menus, sans ajouter un mot.

– Mais pourquoi tu lui as dit ça ? ai-je réagi, décontenancé par l'insolence de mon amie.

– T'as vu ? Elle nous a traités comme si on était des enfants ! s'est-elle défendue.

– Désolé de te décevoir, Sarah, mais on EST des enfants !

Le sourire en coin, elle a haussé les épaules. Elle semblait se trouver drôle.

Le menu m'embêtait. Je ne savais pas du tout quoi commander. C'était souvent le cas au restaurant. À la maison, c'était moins compliqué, il suffisait de manger ce qui se trouvait dans mon assiette. Mais là, en plus, il fallait que je tienne compte du coût des repas, car je ne tenais pas à dilapider tout mon argent.

Je n'avais toujours rien décidé quand la serveuse est revenue pour prendre les commandes. Sarah avait fait son choix : un club sandwich. Pris de court, j'ai finalement opté pour la même chose.

J'ai ensuite fixé l'homme qui nous intéressait, notre coupable, en le montrant discrètement à ma compagne. Sarah l'avait déjà repéré. Des chapeaux de cow-boy, il n'y en avait qu'un seul dans l'établissement.

Nous étions assis juste derrière lui. L'endroit idéal pour épier ses faits et gestes. Il était même possible d'entendre la conversation qu'il faisait à deux autres clients. Il parlait fort et riait encore plus fort, souvent pour des peccadilles. Le sujet de la discussion tournait autour du hockey, plus spécifiquement du match d'avant-hier diffusé à la télé. En général, j'essaie de ne pas rater les parties des *Canadiens*, mais celle-là m'était complètement sortie de la tête.

– On sait maintenant qu'il était planté devant sa télé dans la soirée de mardi, a murmuré Sarah juste au moment où la serveuse nous apportait nos assiettes.

Le repas était bon, mais nous n'étions pas venus ici pour nous régaler. À aucun moment le cow-boy et ses camarades n'ont fait allusion au brigadier. Alors que je commençais à désespérer, la conversation a pris une tournure intéressante.

– Gérald m'a dit que t'avais perdu gros au casino la semaine passée. C'est vrai ?

– Eh ben, il t'a conté une belle grosse menterie, a rétorqué le cow-boy d'un air rieur. J'ai gagné… un gros trou dans mon compte de banque !

Il s'est esclaffé comme s'il s'agissait de la blague du siècle.

– Ta femme est-elle au courant ?

– Jamais de la vie ! Si je veux qu'elle continue de me préparer mes p'tits soupers, je fais mieux de me la fermer. Hé, t'aurais dû goûter le plat qu'elle m'a concocté hier soir. C'était tellement bon que j'y ai laissé un maudit gros pourboire… en nature ! a-t-il ajouté dans un éclat de rire saisissant.

– Pour l'argent, qu'est-ce que tu prévois faire ?

– Sais pas. Me fendre en quatre.

– Quatre fois zéro, ça fait toujours zéro. Tu seras pas plus avancé.

Celle-là, le cow-boy l'a trouvée moins drôle. Il a alors engagé la conversation avec Cathy, la serveuse, comme si ses copains n'existaient plus. Il m'a même semblé qu'il essayait de la séduire. Mais si c'était le cas, ce ne fut pas un succès. La serveuse l'a remis à sa place d'une façon qui a amusé tout le monde, excepté lui.

– Je ne peux pas tomber amoureuse d'un homme si je ne suis pas sa cuisinière préférée. Pour moi, c'est primordial. Dommage que ta femme soit si douée avec les casseroles !

Sarah venait d'avaler la dernière bouchée de son repas. Elle s'est alors approchée de moi et m'a soufflé à l'oreille :

– C'est lui.

Ensuite, avec un malin sourire en coin, elle a haussé les sourcils en me fixant d'un œil pétillant, comme si elle venait d'avoir une idée géniale. Puis, elle a détourné le regard sur le portefeuille du cow-boy qui dépassait aux deux tiers de la poche arrière de son jean.

Comme de raison, elle a préféré passer à l'action avant de me mettre au courant de son plan. Tout ce qu'elle a dit, c'est que ce serait chouette si notre repas ne nous coûtait pas un sou.

Elle a délacé ses bottes avant de me demander la permission d'emprunter mon verre de *Seven-up*, le sien étant déjà vide. Je ne savais pas pourquoi, mais j'avais la nette impression que je pouvais dire adieu à mon breuvage. Elle m'a fait un sourire pour m'assurer que tout allait bien se passer. Ça ne m'a pas rassuré du tout. Je ne craignais rien d'autre que le pire.

– Hé, y a un cheveu dans ma liqueur ! s'est-elle plaint à haute voix en se levant de son banc.

L'instant d'après, elle faisait semblant de trébucher dans ses lacets de bottines, renversant en partie le contenu du verre sur elle. Sa tête est rentrée en plein dans

l'épaule du cow-boy. En même temps, de sa main libre, elle faisait glisser en douceur le portefeuille hors de la poche pour le planquer sous la ceinture de son pantalon, sans que rien n'y paraisse. Elle a replacé son chandail de laine afin de bien camoufler l'objet volé.

– Ah non ! Ah non ! geignait-elle en constatant les dégâts.

Elle a déposé le verre sur le comptoir en jurant à la serveuse qui rigolait qu'il y avait un cheveu pour vrai. Elle s'est rendue aux toilettes se nettoyer, grommelant qu'elle aurait l'air d'une vraie folle à l'école.

J'en avais le souffle coupé. Je ne pouvais pas être mieux situé pour admirer les talents de mon amie. Sarah était remarquablement douée. À croire qu'elle avait été *pickpocket* toute sa vie ! Après tout, c'était peut-être la vérité. Je la connaissais depuis peu, cette fille !

Les caméras de surveillance du brigadier

PIQUER le portefeuille d'un cow-boy était pour moi un risque que je n'étais pas prêt à courir. Je suis devenu très nerveux. J'étais impressionné par la rapidité des battements de mon cœur, compte tenu que je ne faisais rien d'autre que de rester assis à ma place. J'essayais de me rassurer. Pour l'instant, le cow-boy ne se doutait absolument de rien. Il se marrait avec ses *chums*.

– Vous avez vu ça, les gars ? Elle est passée à un poil d'en renverser sur ma veste !

Enfin, Sarah est ressortie des toilettes. À voir son allure pimpante, tout baignait dans l'huile pour elle. Elle n'avait rien fait de mal. En passant derrière le cow-boy, elle s'est arrêtée, soudainement intriguée par le plancher. Elle s'est penchée et s'est aussitôt relevée avec un portefeuille dans les mains, en disant au cow-boy :

– Ceci vous appartient, monsieur ?

– Euh… Oui, oui, c'est à moi, a-t-il acquiescé en regardant à ses pieds si par hasard il n'aurait pas échappé autre chose. On va voir maintenant si j'ai affaire à une petite voleuse, a-t-il ajouté en vérifiant le contenu de son portefeuille.

Je me préparais à déguerpir à toute vitesse.

– Si mon argent est encore là, je te donne un bec pour te remercier.

– C'est pas parce que je t'ai refusé qu'il faut t'en prendre aux mineures ! a lancé la serveuse à la blague.

– Le compte est bon, a déclaré le cowboy, satisfait. Ça mérite une récompense, j'pense ! Mais mademoiselle Cathy a raison. Les becs, c'est pas pour les p'tites filles comme toi. Je vais te donner une piastre à la place.

Il a fait flipper avec son pouce une pièce d'un dollar dans les airs. Sarah l'a attrapée au vol, puis a remercié le donateur d'un sourire éclair.

– Hé, c'est plus que ce que tu me donnes comme pourboire, a rouspété Cathy sans grand sérieux.

– Soupe avec moi ce soir et je te promets un pourboire que tu seras pas près d'oublier !

– Je suis pas en manque à ce point-là…
d'argent, je veux dire ! a-t-elle rétorqué
pour la plus grande joie de son auditoire.

Sarah a alors repris sa place en face de
moi. Elle m'a fait un clin d'œil pour me
signifier que, décidément, tout allait
comme sur des roulettes. La serveuse est
même venue lui servir un autre verre de
Seven-up.

Moi, j'essayais seulement de me remettre de la frousse qu'elle m'avait fichue. On
pouvait dire qu'elle m'en faisait voir de
toutes les couleurs !

Pendant que nous réglions la note, le
cow-boy a tenu à faire son petit comique
une dernière fois. Il a conseillé à Sarah de
vérifier si ses lacets étaient bien attachés et
de regarder des deux côtés avant de traverser la rue. Mon amie a sauté sur l'occasion pour tester notre bonhomme. Elle lui
a raconté qu'elle allait faire d'autant plus
attention que son brigadier était à l'hôpital
ces jours-ci.

Je scrutais le visage du cow-boy à l'af-
fût d'une réaction suspecte, un quel-
conque malaise, une lueur de culpabilité.
Il a froncé les sourcils, soudainement mé-
content. Son attitude est devenue étrange.
Sans parler de ce qu'il a répondu.

– Pas étonnant qu'ils finissent par se faire frapper ! Y a des brigadiers qui sont devenus ben trop vieux. Il faut pas les laisser traîner au milieu de la rue comme ça, c'est dangereux ! Moi, je les laisserais même pas sortir de chez eux.

Une fois dehors, Sarah s'est exclamée :

– C'est certain que c'est lui.

– Hmm… Il a pourtant avoué avoir soupé avec sa femme avant-hier soir.

– Ça veut rien dire. Il se cherche seulement un alibi.

– Ali quoi ?

– A-LI-BI. Une preuve de son innocence. Si tu commettais un crime, tu ferais tout pour te disculper aux yeux des autres, non ?

– Non, je me dénoncerais. Je pense pas que je pourrais vivre avec un crime sur la conscience.

– Oui ben, toi, Antoine, t'es une exception. Ce gars-là fait bien pire que de ne pas laisser les brigadiers sortir de chez eux : il les enferme dans leur garde-manger !

– Raison de plus pour être prudent ! lui ai-je fait remarquer, plus ou moins remis de mes émotions. Qu'est-ce qui t'a pris de voler le portefeuille du cow-boy ? On n'est pas au Far West ici !

– Je ne le lui ai pas volé. Je le lui ai emprunté. Nuance.

– Je croyais dur comme fer que t'avais empoché son argent. Je me préparais à goûter à l'enfer. C'est un diable, ce gars-là !

– Un minable, tu veux dire. T'as entendu toutes les stupidités qui sortaient de sa bouche ? Les vrais cow-boys doivent se retourner dans leur tombe devant un spécimen comme lui !

– Explique-moi pourquoi tu lui as emprunté son portefeuille. T'es allée aux toilettes pour le nettoyer ?

Sarah a sorti un bout de papier sur lequel étaient écrits l'adresse et le numéro de téléphone de Marcel Desbiens.

– Maintenant, on a ses coordonnées, a-t-elle déclaré avec fierté. L'enquête peut donc avancer !

❂

Après l'école, Sarah voulait aller espionner Marcel Desbiens, alias le cowboy, à sa résidence. Je n'étais pas chaud à l'idée. Je risquais de rentrer tard à la maison. Et avec l'affaire « Dumulon », je ne voulais pas rendre mes parents plus inquiets qu'ils ne l'étaient déjà. D'un autre côté, en me rendant là-bas, je trouverais peut-être les preuves que je cherchais. Je ne pouvais pas me permettre de passer à côté d'une occasion pareille.

Par chance, notre suspect numéro un demeurait dans le quartier, à peu près à une dizaine de rues de chez moi. Un coin où résidaient des gens plus fortunés, à preuve la dimension des baraques.

J'ai découvert avec étonnement que le cow-boy habitait une maison que j'avais déjà remarquée quelques fois en passant en vélo. Faut dire qu'elle ne passait pas inaperçue avec ses trois étages, soit un étage de plus que toutes les autres habitations du coin. J'avais imaginé une cabane à l'image de sa camionnette. En tout cas rien de semblable à ce que j'avais sous les yeux.

Comme aucun véhicule n'était garé dans la cour, Sarah et moi nous sommes permis d'approcher des fenêtres, tout en gardant un œil circonspect alentour. À première vue, il n'y avait à l'intérieur qu'un désordre qui ferait mourir ma mère d'effroi. Par contre, le mobilier moderne, stylisé, avait dû, selon mon estimation personnelle, coûté la peau des fesses. Sarah m'a fait remarquer une boîte de pizza grande ouverte qui traînait sur une table du salon.

– T'as vu ? Il reste une pointe, a-t-elle observé, déconcertée.

– Oui et alors ? Tu veux que j'aille te la chercher ? T'es pas capable d'attendre jusqu'au souper pour manger ?

– T'essaies de me faire vomir ? Ce que je veux dire, c'est qu'on n'a même pas pris la peine de la ranger au frigo.

– Tu veux que je le signale aux autorités ?

– Arrête de dire des niaiseries, Antoine. Mon point, c'est qu'aucune femme ne vivrait dans une porcherie pareille ! En plus, souviens-toi ce midi, notre gars a raconté que son épouse lui avait cuisiné un bon petit plat. Une pizza, c'est pas ce que j'appelle de la gastronomie.

Avec une certitude absolue, Sarah affirmait que notre cow-boy avait menti à ses amis au sujet de sa femme.

– T'exagères ! Si ça se trouve, elle est au troisième en train de faire une sieste.

– Ah oui ? T'en connais beaucoup, toi, des personnes qui font des siestes juste avant le souper ?

Sarah n'est pas passée par quatre chemins, elle s'est postée devant l'entrée et a enfoncé le bouton de la sonnette pendant une dizaine de secondes. Cette fille avait beaucoup de cran. Peut-être même trop !

Au bout du compte, personne n'est venu répondre, mais cela ne prouvait pas grand-chose. Ma partenaire, elle, avait déjà sauté aux conclusions. Sauf que ce n'était pas vraiment le temps de débattre le sujet. Je venais d'apercevoir au bout de la rue une magnifique camionnette bronzée de rouille. Avec une grimace qui devait en dire long sur l'urgence de la situation, j'ai fait signe à Sarah de déguerpir au plus vite. En me voyant prendre la fuite, elle a détalé comme un lapin dans la direction opposée à la mienne.

Comme je m'y attendais, la camionnette, offrant un contraste frappant avec l'allure riche et moderne de la maison, a bifurqué dans la cour. Marcel Desbiens en est ressorti un instant plus tard, sans son air rieur du midi. Au contraire, il paraissait tracassé. Il s'est emparé du courrier avant de déverrouiller la porte et d'entrer.

Je me suis alors dirigé vers l'arrière de la résidence. Sarah y était, le nez collé contre l'une des fenêtres de la cuisine, prenant ainsi le risque de se faire repérer.

– Qu'est-ce qu'il fait ? j'ai demandé, à la fois nerveux et intrigué.

– Il a ouvert la télé. Maintenant, il consulte son courrier.

Il était déjà presque cinq heures. Il fallait que je parte. Mes parents devaient m'attendre. Et je ne voulais pas prendre la chance de me faire pincer par Marcel Desbiens.

J'ai informé ma partenaire de ma décision de rentrer. Cela ne faisait pas son affaire, mais elle s'est quand même résignée à me suivre.

– On aurait peut-être découvert quelque chose si on était restés plus longtemps ? a-t-elle souligné.

– Ou c'est lui qui aurait découvert deux fouines en train de violer son intimité. Pas sûr qu'il aurait apprécié !

Sarah a poussé un murmure empreint d'angoisse :

– On a peut-être des problèmes, Antoine. On nous suit…

En effet, j'entendais une voiture rouler lentement derrière nous.

Je n'ai pas osé me retourner pour regarder. Je me suis plutôt comporté comme si je n'avais rien à me reprocher. J'ai voulu bavarder de sujets anodins. J'ai alors demandé à Sarah quelle était sa matière préférée à l'école. Tout en détournant le regard vers le véhicule, elle a répondu de me préparer car on allait bientôt m'adresser la parole.

– C'est hallucinant de constater à quel point tu ressembles à l'un de mes fils !

Mon père ! Mais que faisait-il là ?

Question idiote, car je connaissais très bien la réponse. En tant que chauffeur de taxi, mon père pouvait se trouver n'importe où. En fait, c'était plutôt lui qui se demandait ce que je faisais là à une heure pareille. C'est d'ailleurs la première question qu'il m'a posée.

– Je suis nouvelle à l'école Buissonneau, s'est chargée de répondre Sarah. Antoine me faisait un tour guidé du quartier.

Je n'aimais pas trop le sourire qu'affichait mon père. Il me gênait.

À cause de l'heure tardive, il a jugé bon de me sermonner, même devant mon amie, mais il n'était pas vraiment fâché. Il m'a ménagé, sans doute à cause de l'éprouvante journée d'hier. De plus, il paraissait enchanté de faire la connaissance de Sarah. Il a même offert de la reconduire chez elle, en précisant, pour rire, que ça ne lui coûterait pas un sou.

En voiture, sans la moindre discrétion, il a bombardé mon amie de questions sur son ancienne école. Puis, après lui avoir dit au revoir, c'est avec moi qu'il a poursuivi son interrogatoire. Comment s'était-on rencontrés ? Était-ce ma petite amie ? Il trouvait que j'avais l'air de drôlement bien m'entendre avec elle, pour une fille que je connaissais depuis seulement quatre jours.

Ouf, j'avais hâte d'arriver à la maison !

Sauf qu'à la maison il y avait ma mère qui attendait patiemment mes explications sur ma mystérieuse absence du midi. J'ai menti à moitié. Et je déteste mentir. Même à moitié. Alex avait eu l'idée de partager avec moi son lunch afin de nous permettre de bosser sur un travail en sciences naturelles. J'avais complètement oublié de la prévenir. Ma mère me jaugeait, pour voir si je disais vrai. Elle m'a fait jurer de la tenir informée la prochaine fois que se produirait une situation semblable. J'ai juré, soulagé de m'en sortir aussi facilement.

Plus tard, mon père a attendu que toute la famille soit réunie à table pour annoncer qu'Antoine s'était fait… *une petite amie.*

– Je te l'ai dit, p'pa, c'est pas ma petite amie !

– Sarah est petite ? s'est informée ma mère. Et c'est ton amie ? C'est donc ta petite amie. Y a pas de quoi en faire un plat.

Contre toute attente, je ne me suis pas fait taquiner durant le souper. Non, mon père avait des nouvelles fraîches au sujet de Napoléon.

– Il faudra que tu t'habitues, Antoine. Tu ne reverras plus ton brigadier préféré aussi souvent. Monsieur Dumulon a été jugé inapte à poursuivre son travail.

Le cœur de Napoléon s'était décomposé quand mon père lui avait annoncé la triste nouvelle, cet après-midi. « Qu'est-ce que je vais devenir alors ? » avait-il gémi. Il aurait préféré que le ciel lui tombe sur la tête que de perdre son poste. Rien ne pouvait lui arriver de pire.

Au moins, son examen psychiatrique n'avait révélé aucune séquelle significative. Pour l'instant, monsieur le brigadier demeurait chez grand-père Tibo. Il avait peur de passer la nuit tout seul dans son logis. Aussi, l'idée de revoir ses affaires mises en pièces ne lui disait rien. Mais il refusait toutefois de déménager. Son quartier lui était trop cher.

Mon père avait passé une partie de la journée à mettre de l'ordre dans son logement. Avait-il trouvé des indices sur les malfaiteurs ? Non, aucun.

– Les jeunes ont pris plaisir à tout démolir ! Si jamais je viens à mettre la main sur eux…

Au grand soulagement de ma mère, il a préféré ne pas compléter sa phrase.

❧

– Tu vas me sauter dans les bras quand tu vas savoir ce qu'il y a dans ma poche, m'a juré Sarah avant le début des classes, le lendemain.

On pouvait dire qu'elle était plutôt douée pour susciter la curiosité.

– J'ai énormément réfléchi hier soir. Et j'en suis venue à la conclusion qu'il y avait une chance infime que le cow-boy ne soit pas coupable. Alors voilà un bon moyen d'en être sûrs et certains, a-t-elle déclaré en sortant de sa poche une enveloppe adressée à Marcel Desbiens. Tu peux la lire. Je n'ai pas bavé dessus encore. Tu vas voir que j'ai bossé, moi, hier !

On sait que c'est toi et ta bande de débiles qui êtes entrés par effraction dans l'appartement du brave Napoléon Dumulon, mardi vers cinq heures. On peut le prouver sans problème. Vous étiez tellement occupés à semer la pagaille qu'un détail vous a échappé. Oui, le brigadier est millionnaire. Et il a eu l'idée ingénieuse d'utiliser son argent pour faire installer <u>des caméras de surveillance</u> dans chaque pièce de l'appartement.

Le brigadier a jadis été champion de hockey

LA LECTURE de la lettre terminée, j'ai aussitôt remis la feuille de cartable dans l'enveloppe. J'avais l'impression de faire quelque chose de mal et je redoutais à tout moment qu'un surveillant ne nous soupçonne de comploter un mauvais coup.

– C'est notre escapade d'hier qui m'a donné cette idée. En temps normal, une lettre prend deux jours pour se rendre à destination. Mais comme la fin de semaine s'en vient, ça devrait prendre plus de temps. Mon père est facteur. Il m'a assurée qu'une lettre postée aujourd'hui arriverait mardi au destinataire. Donc, mardi, à l'heure du souper, monsieur Desbiens va consulter son courrier comme il a l'habitude de le faire et il va découvrir mon petit mot. S'il panique, bingo ! on sait que c'est lui le coupable.

Son stratagème me semblait astucieux. On accuse le suspect et on observe ensuite sa réaction. Réagit-il en coupable ou en innocent?

– D'accord, on va savoir à quoi s'en tenir. Mais ça ne nous donnera aucune preuve. On ne sera pas tellement plus avancés.

Mais Sarah y avait pensé. Sarah pensait toujours à tout.

– C'est l'étape numéro un. Après, on lui envoie une autre lettre dans laquelle on lui fixe un rendez-vous. On lui explique qu'on n'a aucun intérêt à le livrer à la police et qu'il serait bête pour lui de passer ses prochaines années en prison. Alors, on lui propose un marché. Les temps sont difficiles pour nous aussi. On lui offre nos preuves, les cassettes, contre une importante somme d'argent.

– De l'argent, il n'en a pas de trop, il en cherche! ai-je objecté.

– C'est pas important. S'il ne veut pas croupir en taule, il va se présenter au rendez-vous. Avec un peu d'argent ou une contre-proposition. Il ne nous restera plus alors qu'à l'attendre patiemment, le sourire aux lèvres, avec une voiture de police cachée pas loin.

– Et comment va-t-on convaincre des policiers de se pointer? me suis-je informé, perplexe par rapport au plan.

– Chaque chose en son temps. Maintenant, ce qu'il faut faire, c'est poster cette jolie petite enveloppe.

À l'heure du dîner, je me suis arrêté en chemin devant une boîte aux lettres. J'étais loin d'être convaincu de faire une bonne action en y déposant le message de Sarah. Mais pour monsieur le brigadier, j'étais prêt à tout, même expédier une frauduleuse mise en accusation.

En retournant à l'école, bien rassasié, j'ai aperçu au loin des sixièmes se chamailler sur un énorme banc de neige. Ils faisaient semblant de lutter comme à la télé. L'un des quatre utilisait sa cagoule pour interpréter un lutteur masqué. Comme les trois autres faisaient partie de la bande à Bérubé, je n'ai pas eu de difficulté à deviner son identité.

Sans m'approcher d'eux, je les ai regardé faire les guignols un moment. Mon attention était surtout portée sur la tête encagoulée d'Éric Bérubé, en me disant que Napoléon avait dû avoir la chienne de sa vie en voyant surgir une tête pareille dans son appartement.

« Les jeunes ont pris plaisir à tout démolir ! » avait dit mon père. Il n'avait pas dit « les bons à rien » ou « les bandits », il avait dit « les jeunes ».

C'est à ce moment précis que j'ai regretté d'avoir suivi le plan de Sarah. Tout compte fait, le cow-boy n'y était peut-être pour rien dans cette histoire.

Même si j'avais hâte de communiquer ma trouvaille à ma partenaire, c'est Alexandre Martineau que je suis allé voir en premier. Il fallait à tout prix que je sache ce qui s'était passé mardi après l'école.

Alex était d'humeur plus sociable. La preuve, c'est qu'il avait recommencé à jouer au soccer durant les récrés. Par contre, il n'a pas paru enchanté de se faire questionner à propos de la fameuse bagarre. Il a quand même fait l'effort de me répondre. Non, il n'y avait pas eu de combat. Éric Bérubé, le lâche, s'était apparemment dégonflé à la dernière minute.

C'est exactement ce que je voulais entendre.

– Depuis quand tu t'intéresses aux bagarres, toi ? m'a-t-il demandé d'un air contrarié, presque choqué.

Je n'ai pas voulu le mettre dans la confidence. Pas maintenant en tout cas.

– Tu veux pas me le dire ? C'est un secret entre ta Sarah et toi, je suppose ?

Il a ajouté que Sarah était une « maudite folle » et qu'il fallait que je sois fou moi aussi pour me tenir avec elle. Et il est parti, en emmenant son air bête avec lui.

De mon côté, j'ai rejoint au pas de course ma « maudite folle » d'amie, pressé de la mettre au courant des derniers développements.

À vrai dire, Sarah n'était pas particulièrement contente de m'entendre accuser le gros Éric Bérubé. À ses yeux, l'affaire était presque réglée. Le coupable se nommait Marcel Desbiens. Mais elle se montrait néanmoins réceptive à mes arguments. En fait, elle me mettait au défi de la convaincre.

– D'abord, je n'affirme pas que c'est la bande à Bérubé, je dis seulement que c'est peut-être eux. En général, ils sont quatre à se tenir ensemble. Quatre, c'est le nombre de malfaiteurs qui ont pénétré chez le brigadier. Ensuite, ils ont pris la peine de se masquer et de ne pas dire un mot. Pourquoi selon toi ? Parce que le brigadier connaissait leur visage et leur voix. Il s'agit donc de jeunes de l'école. Des sixièmes années, sans aucun doute, pour avoir été capables de faire autant de grabuge. Aussi, je me souviens très bien qu'un agent de police a dit que c'était l'œuvre d'amateurs. Je te rappelle qu'ils n'ont pas réussi à bâillonner et ligoter Napoléon comme il faut. En plus, mardi, juste avant de commettre son crime, un gars de la bande à Bérubé s'est querellé avec le brigadier. Et dernièrement, je viens de voir Bérubé jouer les fiers-à-bras avec devine quoi sur la tête ?... Une cagoule !

Sarah était impressionnée. Elle cherchait néanmoins un moyen de me prouver que j'avais tort.

– Mais comment ont-ils su que le brigadier cachait de l'argent sous son matelas ?

– Une rumeur court en ville comme quoi Napoléon est millionnaire à cause de la loterie. Une rumeur, c'est fait pour être entendue ! Peu de gens savent qu'il a tout légué à la lutte contre la leucémie.

J'ai laissé Sarah douter. Moi, j'étais sûr de mon coup. J'ai proposé à ma partenaire de procéder avec Bérubé de la même façon qu'avec le cow-boy, c'est-à-dire de lui concocter une petite lettre.

– Si c'est efficace pour l'un, pourquoi ça ne le serait pas pour l'autre ?

Sarah y réfléchissait intensément. Quelques secondes après, j'ai vu un sourire illuminer son visage. Bien entendu, elle avait un plan. Sarah avait toujours un plan. Selon elle, il suffisait de se faire passer pour des journalistes en herbe et d'interviewer Bérubé et ses comparses.

– Et comment va-t-on faire ça ? On leur pose la question : « Vous est-il déjà arrivé de cambrioler quelqu'un… un brigadier par exemple ? » Ça ne tient pas debout ton affaire, Sarah !

Elle m'a expliqué sa stratégie plus en détail. Tout bien considéré, elle avait des chances de fonctionner. Par contre, je n'étais pas emballé à l'idée de piquer une jasette avec Éric « Mastodonte » Bérubé, le gardien de but. Il m'intimidait. Pire, il m'effrayait. C'est en général l'effet que me font les fous furieux.

– Il ne va pas te manger quand même ! a insisté Sarah.

– Pas sûr ! On m'apprendrait que c'est un cannibale que je ne serais même pas étonné.

– Moi, je suis nouvelle, je ne le connais pas, et je n'ai pas peur de lui, a-t-elle précisé avant de m'ordonner de la suivre.

Éric Bérubé venait d'entrer dans la cour d'école, suivi de ses fidèles acolytes. Il s'amusait à faire tourbillonner sa cagoule dans les airs quand Sarah l'a abordé, en s'excusant d'abord de le déranger et en promettant ensuite de faire vite.

– On veut faire un article sur le hockey dans le journal de l'école.

Sarah entamait l'interrogatoire sur une fausse note. Il n'existait pas de journal étudiant à Buissonneau. Mais Bérubé et ses *chums* devaient l'ignorer puisque l'erreur n'a pas été relevée.

– On veut parler des joueurs de hockey qui ont un jour été élèves à Buissonneau depuis la fondation de l'école. Mon ami Antoine m'a dit que tu te débrouilles bien sur la glace. S'est-il trompé ?

– Non. Qu'est-ce que tu veux savoir sur moi ? a tranché Bérubé d'un ton sec.

– Sais-tu qui est le plus vieux joueur qu'on a trouvé à date ?... Napoléon Dumulon, le brigadier ! Disons plutôt, l'ancien brigadier.

– Ouais ben, on t'a mal informée, ma petite. Le vieux bonhomme n'a jamais joué au hockey de sa vie.

Il avait vraiment l'air d'en savoir quelque chose.

– Tu crois qu'il nous a menti ?

– Tu sauras que les joueurs de hockey sont des gars fiers. Ils ne finissent pas leur vie en brigadier !

Pour Bérubé, imaginer Napoléon Dumulon avec des patins aux pieds, c'était carrément manquer de respect au sport en général et au hockey en particulier.

– Il paraît que son appartement est rempli de centaines de photos de lui sur la glace, de lui et de ses anciens coéquipiers.

– Eh bien ! on t'a raconté des menteries ! a répliqué Bérubé, toujours sûr de lui.

– Je les ai vues de mes propres yeux, a insisté Sarah, tandis que je sentais mes pieds rétrécir dans mes souliers.

– T'es rien qu'une menteuse alors. Tu peux pas avoir vu des photos qui n'existent pas.

– Comment peux-tu en être aussi certain ? T'es déjà entré chez lui ?

Sarah venait d'aller trop loin. Je le voyais à l'air soupçonneux sur la figure de Bérubé.

– Je trouve que tu poses beaucoup de questions, a-t-il observé, menaçant. À mon tour maintenant de t'en poser. Tu t'intéresses au sort du vieux brigadier ?

– Non, je m'intéresse au hockey. Je suis partisane de hockey. J'en mange au petit déjeuner.

C'est alors qu'il s'est mis à la bombarder de questions sur les joueurs du *Canadien*.

– Pfft, je n'ai rien à te prouver, disait Sarah avec nonchalance, de toute évidence incapable de répondre.

Comme je connaissais tout ce beau monde, j'ai vite pris la relève. Puis Bérubé en a eu assez de nous voir la face.

– Maintenant, faites de l'air ! Je suis pas le seul joueur de hockey ici. Tiens, allez donc voir Xavier Martineau. Je suis sûr qu'il va être super content de vous raconter ses exploits sur la glace !

Ainsi s'est terminé l'entretien. Si nous voulions savoir à quoi ressemblaient ses jointures de très très près, il suffisait seulement d'insister encore un peu. De toute façon, nous savions ce que nous voulions savoir : Éric Bérubé était déjà entré chez monsieur le brigadier. Autrement dit, Éric Bérubé s'était dénoncé sans s'en rendre compte.

Si Martineau lui avait réglé son compte mardi après l'école, comme il avait dit qu'il le ferait, Napoléon Dumulon serait sans doute encore brigadier aujourd'hui.

Que les bourreaux
du brigadier soient châtiés!

ÉRIC BÉRUBÉ faisait désormais un aussi bon coupable que Marcel Desbiens.

Sarah et moi étions embêtés. Il nous manquait toujours des preuves, autant pour l'un que pour l'autre. Ma copine avait bien du mal à vivre avec ça. Elle ne se sentait pas capable de passer la fin de semaine sans savoir lequel des deux avait martyrisé le brigadier. Elle était si agitée qu'elle dansait sans s'en rendre compte ! On aurait dit qu'elle exécutait une danse rituelle qui faisait appel aux dieux pour qu'ils lui montrent la voie à suivre. Elle élaborait sept hypothèses en même temps. Le moulin à paroles qu'était devenue Sarah m'étourdissait. Bien sûr, nous pouvions faire le coup de la lettre d'accusation au gardien de but obèse, mais Sarah voulait agir vite.

Au son de la cloche, une idée a germé dans son esprit. Je ne m'attendais pas à moins de sa part. En classe, entre deux exercices de maths, elle m'a demandé si je savais où demeurait Bérubé. Je n'étais jamais allé chez lui, mais je l'avais vu une fois entrer dans une grosse maison lors d'une balade à vélo. Sur un écriteau en bois posé à côté de la porte figurait un mot d'accueil : *Bienvenue chez les Bérubé !*

Encore fébrile, le crayon à la main, Sarah m'a ensuite demandé son adresse, prête à la prendre en note.

– 666, rue du Diable. Tu veux son numéro de téléphone aussi ? ai-je baragouiné, pour lui souligner qu'elle y allait un peu fort avec ses questions.

Après, je lui ai avoué que je ne connaissais de son adresse que le nom de la rue.

À la récréation, nous sommes retournés au secrétariat de l'école pour jeter à nouveau un œil dans l'annuaire. Heureusement, il n'y avait qu'une famille Bérubé rue Duplessis. Sarah s'est empressée de noter les coordonnées dans son carnet.

– Tu vas me le dire maintenant, ton plan ? ai-je insisté, un brin exaspéré.

– T'as un caribou sur toi ?

– ???

– Un vingt-cinq cennes !

Il a fallu que je lui montre la pièce de monnaie pour qu'elle consente enfin à m'expliquer ce qu'elle avait en tête.

☙

La journée du vendredi terminée, la semaine d'école achevée, Sarah s'est habillée à toute vitesse puis elle a filé dehors sans m'attendre.

Je l'ai rejointe à une cabine téléphonique en face de l'école. Elle insérait mon vingt-cinq sous dans l'appareil, toujours prête à passer à l'action.

– Bonjour, Éric, a-t-elle commencé à dire en modifiant à peine sa voix. On sait ce que t'as fait mardi après l'école. On sait que c'est toi l'imbécile qui as tout démoli dans l'appartement du brigadier. Tu croyais pouvoir t'en sortir à bon compte, hein ?... Erreur !

Au moment où elle raccrochait, Éric Bérubé s'adonnait à passer devant nous. Tout en bavardant avec un copain, il nous a lancé un regard hostile. Il ne nous aimait pas la face, nous en avions maintenant la preuve. Que serait-il arrivé si le gros Éric avait entendu Sarah au téléphone ? Il nous aurait probablement emmenés avec lui pour nous découper en tranches et nous faire cuire comme des steaks!

Sarah m'a sommé de me dépêcher, si je voulais arriver chez Bérubé avant lui, tandis qu'elle partait en courant dans la direction opposée. Elle allait à la maison chercher un vieux stéthoscope à sa mère, médecin, et l'enregistreuse portative qu'elle avait reçue en cadeau à Noël cette année. Bref, l'équipement nécessaire pour recueillir les preuves dont nous avions besoin.

– Je te jure qu'on entend à travers les murs avec cette bébelle-là! m'avait assuré Sarah pendant la récré.

En me rendant au domicile de l'ennemi, j'ai fait très attention à ne pas le croiser sur son chemin.

Une fois sur les lieux, j'ai constaté avec un certain soulagement que j'étais arrivé le premier. Et de ce que les fenêtres me permettaient de voir, il n'y avait personne dans la maison.

Jusqu'à présent, tout fonctionnait comme prévu. Il ne me restait plus qu'à être patient. Éric devait sans doute flâner avec son copain. Car, même en marchant lentement, il aurait dû être rentré à cette heure-là. Sarah aussi d'ailleurs.

Je commençais à m'inquiéter lorsqu'une longue voiture passée mode est venue terminer sa route dans la cour. La mère d'Éric. Elle sortait du coffre arrière plusieurs sacs d'épicerie. Oh non ! Ça ne devait pas se passer de cette manière ! Madame Bérubé a rangé toutes ses provisions dans le garde-manger, les armoires et le frigo avant d'actionner le répondeur. D'où j'étais, accroupi derrière les barreaux de la galerie arrière, je n'entendais rien, je voyais seulement sa tête. Il suffisait qu'elle bouge un peu et je la perdais de vue.

Après avoir écouté les messages, elle s'est assise à table. Là, j'étais en mesure de mieux l'observer. Elle semblait se poser de grosses questions au sujet de son fils. C'est à ce moment-là que le père a fait son apparition. Lui, il a eu une réaction plus vive. Il s'est mis à vociférer, comme si Éric se trouvait devant lui. Et, de plus en plus furieux, il a frappé du poing le comptoir. Ce bruit-là, non seulement je l'ai entendu, mais je l'ai senti aussi. L'onde de choc s'est propagée jusqu'à la galerie.

Ouf, Éric allait goûter à la colère paternelle et pas à peu près ! Si mon père était fâché contre moi comme ça, je pense que je perdrais connaissance !

Tout à coup, j'ai vu des pieds approcher. Je me suis carrément jeté à plat ventre dans la neige et j'ai roulé sous la galerie avant que la porte s'ouvre. C'était le papa d'Éric qui prenait un peu d'air dans l'espoir de se calmer les nerfs. Je l'ai entendu blasphémer. Il en avait ras le bol des bêtises de son gars. Heureusement, il a fini par rentrer.

Sarah est venue me rejoindre peu après.

– Où t'étais passée ? ai-je chuchoté d'une voix tendue à l'extrême.

– J'ai pas pu résister au gâteau sur le comptoir de la cuisine. J'en ai même pris une double portion.

– Sérieusement, qu'est-ce qui s'est passé ?

– Je te raconterai tantôt. Ici, qu'est-ce qui se passe ? Comment Éric a réagi ?

Je n'ai pas eu besoin de lui expliquer puisque celui que nous attendions tous impatiemment venait de franchir le seuil de la porte. En fin de compte, Sarah était arrivée juste à temps. En conservant son sang-froid, le père a pris son fils par le bras et lui a fait entendre le message sur le répondeur. Éric s'est ensuite expliqué, pas longtemps, parce que son père s'est mis à

l'engueuler comme du poisson pourri. Et la chicane a éclaté. Ils criaient tellement fort que Sarah et moi entendions tout sans l'aide du stéthoscope.

– Mais je vous jure que ce n'est pas moi! protestait Éric.

– Qu'est-ce que t'as fait après l'école, mardi? a demandé sa mère, furieuse elle aussi.

Éric ne voulait pas répondre. Son silence a mis son père tellement en rogne que j'ai cru qu'il en viendrait aux poings. Mais non, il a seulement crié encore plus fort. Au bout d'un moment, Éric a craqué. Il a avoué. Il en avait presque les larmes aux yeux. Oui, il faisait quelque chose de mal. Il avait attendu un gars pendant une heure et demie pour se battre. Mais le gars en question ne s'était jamais présenté. Voilà ce qu'il avait fait mardi après l'école. Mais son père l'a accusé de mentir. Et sa mère lui a ordonné d'aller réfléchir dans sa chambre.

Sarah m'a fait signe de la suivre. Elle a vite repéré la chambre d'Éric, située au sous-sol. Le jeune suspect reposait sur son lit, les mains derrière la tête, l'air confus et malheureux.

– Maintenant, il va sans doute téléphoner à ses complices pour les mettre en garde, a prédit Sarah en préparant ses accessoires pour enregistrer l'entretien téléphonique, s'il avait lieu.

– S'il communique avec eux par Internet ? ai-je songé tout à coup en montrant l'ordinateur sur son bureau.

Mon mouvement avait peut-être attiré son attention, parce qu'il a tourné les yeux dans notre direction. Il a aussitôt bondi de son lit pour coller son nez à la fenêtre, comme s'il avait vu quelque chose de louche.

Si nous tenions à notre peau, valait mieux déguerpir de là au plus vite !

Du sang neuf
dans l'affaire *BRIGADIER*

JE N'AI PAS SOUVENIR d'avoir jamais couru aussi vite qu'en me sauvant de chez les Bérubé.

Après ce qui m'a paru des heures de course effrénée, Sarah, complètement hors d'haleine, a réclamé un arrêt, histoire de reprendre au moins une partie de son souffle.

Selon son expertise, Éric Bérubé avait réagi comme un innocent. Moi, je ne savais plus que penser. Je craignais d'avoir le gardien de but à nos trousses. Les doigts croisés, je souhaitais une seule chose : qu'il ne nous ait pas reconnus. Sinon, il ne restait plus qu'à quitter le pays sur-le-champ. Car « Mastodonte » Bérubé allait nous le faire payer très cher !

Sarah m'a confié ce qui l'avait retenue si longtemps chez elle : son père. Il voulait savoir si elle avait entendu parler du vieux brigadier et de ce qui lui était arrivé. Elle a dit que non. Alors, son père lui a raconté tout ce qu'il savait à ce propos. Justement, avait-elle envie de lui répondre ? Je dois poursuivre mon enquête là-dessus. Immédiatement !

En fait, son père avait pris le taxi dans la journée. C'est le chauffeur qui lui avait parlé de l'affaire Brigadier. J'étais prêt à parier n'importe quoi que ce chauffeur habitait ma maison. Au fil de la discussion, les deux hommes se sont aperçus que leurs jeunes se fréquentaient. Plus étonnant encore, chacun avait déjà rencontré l'enfant de l'autre.

Avant de la laisser sortir, le père de Sarah lui a posé une autre question. Elle était libre de ne pas répondre si elle n'en avait pas envie. Antoine Desruisseaux était-il son petit ami ?

J'étais curieux de connaître sa réponse. J'ai eu droit à un rire, pas davantage.

❂

La famille était déjà à table quand j'ai mis le pied dans la maison. Ma mère commençait à penser que cette Sarah Deschamps avait une mauvaise influence sur moi. Elle m'a même fait une scène. Rien de bien impressionnant en comparaison avec les Bérubé.

Mon père en a profité pour me dire qu'il avait eu le plaisir de faire connaissance avec le papa de Sarah, cet après-midi. Mais c'est surtout ma mère qui était curieuse de savoir comment s'était déroulée cette rencontre. Moi, je le savais déjà.

Au dessert, mon père m'a rappelé mon match de hockey qui avait lieu le lendemain dans un village à au moins trois heures de voiture. Il avait planifié de passer la nuit chez son frère Benjamin, qui demeurait dans la région et qu'il n'avait pas vu depuis des lustres. Compte tenu de l'incident « Bérubé », j'étais somme toute content de passer le week-end à l'extérieur de la ville. Plus loin je me trouverais d'Éric, mieux je me sentirais dans ma peau.

❧

Ça faisait drôle de partager à nouveau la glace avec Alexandre. Surtout pour une partie aussi importante. Une partie que notre entraîneur Michaud voulait gagner à tout prix. S'il avait parcouru autant de kilomètres, ce n'était certainement pas pour perdre.

Avant le début du match, Alexandre fuyait ma présence. Son humeur semblait toutefois avoir repris du mieux. Il faisait le fanfaron en compagnie de deux-trois autres joueurs de l'équipe. Je ne suis pas allé le voir. J'essayais de me concentrer sur la partie, mais j'avais bien du mal à y arriver. L'enquête « Dumulon » occupait toutes mes pensées.

Après la deuxième période, nous perdions trois à un contre les *Coriaces*. Les *Intrépides*, notre équipe, en arrachaient. J'avais accompli de superbes gaffes sur la glace. Et comme je suis défenseur, ces erreurs-là nous avaient coûté deux buts. J'étais gêné dans le vestiaire. Je gardais les yeux au sol pour être sûr de ne pas croiser le regard de mes coéquipiers.

Au début de la troisième période, Alexandre a compté un but épatant en s'échappant seul contre le gardien. Deux minutes plus tard, à son retour sur la patinoire, il marquait de nouveau sur une passe parfaite de son ailier gauche. Trois à trois. Toute l'équipe se défonçait pour arriver à faire rentrer cette damnée rondelle dans le filet adverse, mais nous n'y sommes pas parvenus. Pire, à moins d'une minute de la fin du match, le capitaine des

Coriaces m'a déjoué sans aucune difficulté pour aller marquer le but gagnant de son équipe. En fait, il m'a seulement contourné tandis que j'essayais de me relever. J'avais réussi l'exploit hors du commun de trébucher sur mon propre bâton de hockey !

J'avais honte. Tout en s'efforçant de paraître satisfait, l'entraîneur a déclaré dans le vestiaire qu'on avait disputé un excellent match et qu'on était passés à un cheveu de le remporter.

Alex était furieux contre moi. C'était en grande partie de ma faute si nous avions perdu. Et ç'aurait été à cause de lui si nous avions gagné. Il avait donc toutes les raisons du monde de m'en vouloir. Heureusement, ses deux buts l'ont beaucoup aidé à se remettre de sa déception, et sa rancœur à mon égard a fini par se dissiper. Nous avons même discuté ensemble entre deux bouchées au restaurant. Comme ils s'entendaient plutôt bien, nos parents avaient décidé d'aller souper ensemble après la partie. Nous avons surtout parlé de hockey, les forces des *Intrépides* et les faiblesses des *Canadiens*. Pas un mot à propos de monsieur le brigadier, encore moins à propos de Sarah.

À mon retour à la maison dans la soirée de dimanche, j'ai tout de suite téléphoné à Sarah pour savoir ce qui s'était passé ici pendant mon absence.

– Je me suis ennuyée de toi. À part ça, rien, a-t-elle répondu. Et toi, t'en as profité pour faire la paix avec Alexandre ?

– En partie, oui.

Par souci d'honnêteté, je lui ai raconté comment ma prodigieuse maladresse avait coûté la victoire à notre équipe.

– Des nouvelles de Bérubé ? me suis-je ensuite informé.

– Aucune. Je n'ai pas hâte à demain.

Sarah avait passé la fin de semaine à réfléchir à des façons d'éviter Éric Bérubé à l'école. Si nous tombions nez à nez avec lui, aussi bien rédiger dès maintenant notre testament !

Nous nous sommes donné rendez-vous au parc avant le début des classes. Une fois là-bas, nous n'avions rien d'autre à faire que d'attendre. En arrivant à l'école seulement après la cloche, nous nous assurions d'éviter une bien mauvaise surprise.

Sarah a profité de ce temps mort pour me faire lire une lettre. C'était mot à mot le texte que nous avions envoyé à Marcel Desbiens.

– Tu t'en souvenais par cœur ?

– Non, j'avais conservé mon brouillon.

Normalement, le cow-boy devrait recevoir notre première lettre demain. Sarah ne pouvait pas attendre jusque-là. Elle avait bien des qualités, mais la patience ne figurait pas sur la liste. Elle avait en tête de déposer elle-même cette nouvelle enveloppe dans la boîte aux lettres de notre présumé coupable. Si ce n'était pas Éric Bérubé le coupable, il fallait alors que ce soit le cow-boy. Sarah voulait une confirmation avant la tombée de la nuit.

Contre tout espoir, notre retard n'est pas passé inaperçu aux yeux de la prof. Elle s'est montrée intéressée à entendre notre explication. Sarah a attendu que je parle. J'ai fait pareil de mon côté.

– C'est la faute à Antoine, a finalement raconté ma compagne. Pour me faire rire, il a confondu le poteau d'un lampadaire avec un *Pop-sicle*. Il a fallu que je réveille une madame qui habitait à côté pour nous aider à lui décoller la langue !

La classe a trouvé son histoire bien drôle. Pas l'enseignante. Elle nous a promis de faire part de cette anecdote à nos parents, ce qui ne me dérangeait pas trop. À choisir, je préférais avoir affaire à mes parents plutôt qu'au gros Bérubé. Aussi, en guise de punition, elle nous contraignait à passer la récréation en classe. Sarah m'a lancé un petit sourire triomphant. En effet, nous n'aurions pas pu espérer mieux.

Pour le midi, Sarah avait prévu passer par l'entrée principale, exclusivement réservée au personnel de l'école. Nous avions presque franchi la porte quand la secrétaire nous a interdit de passer par là, mais nous étions déjà sortis quand elle a réussi à nous mettre le grappin dessus.

– Je ne savais pas, je suis nouvelle ici, s'est défendue Sarah. On va le savoir pour la prochaine fois.

Au lieu de nous laisser partir, la secrétaire nous a obligés à rentrer et à utiliser l'autre porte, celle que nous voulions à tout prix éviter, celle qui donnait sur la cour de récré. Avec la plus grande prudence, j'ai passé ma tête à l'extérieur pour m'assurer que la voie était libre. J'étais drôlement soulagé de constater qu'aucun Éric Bérubé ne montait la garde.

Après dîner, nous avons usé de la même tactique pour éviter l'ennemi : le retard. Cette fois, la prof n'a même pas voulu entendre nos explications. La prochaine fois que cela se produirait, l'on pourrait se rendre directement chez monsieur le directeur et éviter de faire un détour en classe. Chanceux comme nous étions, notre retard nous permettait une fois de plus de passer la récréation à l'intérieur.

Comme la fin des cours s'avérait le moment idéal pour nous coincer, Sarah a proposé de sortir par l'entrée principale en courant. Cette fois, la secrétaire ne pourrait pas nous rattraper. Par contre, au moment de sprinter, j'ai aperçu le directeur et le concierge qui jasaient près de la porte. Il faudrait repasser plus tard. Nous avons donc flâné un moment dans les corridors. Le directeur en avait apparemment beaucoup à dire au concierge. À notre deuxième tentative, ils n'avaient pas bougé d'un poil.

Dans ces circonstances, nous avons pris notre courage à deux mains et décidé de sortir par la porte commune, plus ou moins prêts à affronter la bête. Éric Bérubé ne nous attendait pas, ni à la sortie de l'école ni plus loin au détour d'une rue.

Sarah a donc émis l'hypothèse qu'il ne nous avait probablement pas reconnus. Sur cette bonne nouvelle, nous avons pressé le pas en direction de la résidence du cow-boy.

Aucune camionnette n'était en vue quand nous sommes arrivés sur les lieux. Parfait ! Après avoir soigneusement placé notre lettre parmi les autres, nous avons fait le guet, cachés derrière la remise.

Au bout d'une heure, Marcel Desbiens s'est pointé la binette sous son chapeau de cow-boy. Après être sorti de son véhicule, il a fait quelques exercices d'étirement. Il n'a pas attendu d'être au chaud à l'intérieur pour jeter un œil sur son courrier. Il a froncé les sourcils devant notre enveloppe, visiblement intrigué. Faut dire que c'était la seule sans timbre. Au lieu de rentrer comme il l'avait fait l'autre fois, il a immédiatement pris connaissance de la mystérieuse lettre. Il l'a relue avec un sourire en coin. Il a ensuite levé la tête pour promener son regard dans toutes les directions. Ne remarquant rien d'anormal, il a haussé les épaules et il est entré.

Sarah et moi nous sommes aussitôt approchés d'une fenêtre donnant sur la cuisine. Bouche bée, nous avons vu le cow-boy jeter la lettre dans la corbeille comme s'il s'agissait d'une vulgaire publicité pour un produit bidon. Il était évident que cet homme-là n'avait pas du tout été affecté par notre message et qu'il n'avait strictement rien à se reprocher dans cette affaire.

– C'est qui d'abord ? a laissé tomber Sarah, découragée.

À ce moment-là, quelqu'un est entré dans la maison. Je l'ai tout de suite reconnu. C'était un ami de Xavier Martineau, celui qui m'avait lavé le visage avec de la neige une semaine plus tôt.

Après avoir enlevé ses bottes et son manteau, il s'est rué vers le frigo. Il en a ressorti une orange qu'il a épluchée au-dessus de la poubelle. Soudainement intrigué par les ordures, il s'est emparé d'un papier pour l'examiner de plus près. C'était notre lettre.

Après l'avoir lue, il était si perturbé qu'il a échappé son orange dans la corbeille. Tout en chiffonnant le papier dans le creux de sa main, il s'est précipité dans une pièce de la maison qui devait certainement être sa chambre à coucher.

Une minute plus tard, nous avions localisé son repaire. Le fils du cow-boy faisait les cent pas tout en se rongeant les ongles.

Nous ne pouvions rêver à une réaction plus éloquente. Nous ne sommes pas restés un instant de plus sur les lieux. Il valait mieux éviter que l'incident chez les Bérubé ne se reproduise chez les Desbiens, c'est-à-dire que nous nous fassions prendre en flagrant délit d'espionnage.

J'étais rien de moins que bouleversé. Le coupable n'était pas l'un de ceux que nous avions suspectés. Et il n'était pas difficile de deviner qui étaient ses complices.

Tous les éléments de notre enquête s'ordonnaient dans mon esprit. Si le cowboy était coupable, c'était seulement d'avoir informé à tort son fils d'un magot que planquait Napoléon sous son matelas. Et Éric Bérubé n'avait pas menti à ses parents en parlant d'une bagarre contre un gars de l'école. Lui, il ne s'était jamais dégonflé. C'est Martineau qui ne s'était pas présenté. Je le réentendais après son assaut au parc : « Cette petite leçon va vous apprendre à ne pas nous espionner ! » Déjà ils complotaient de dévaliser le brigadier !

Maintenant, comment allais-je annoncer à Alexandre que son frère tant vénéré était impliqué dans une histoire aussi crapuleuse ?

La femme du brigadier retrouvée en morceaux

MA MÈRE n'appréciait pas du tout ma mauvaise manie ces jours-ci de rentrer tard après l'école. À mon arrivée, elle a regardé l'horloge de la cuisine en me félicitant, avec beaucoup d'ironie, d'avoir brisé mon record de la semaine passée. Elle n'était pas contente, ça paraissait, même si elle tentait autant que possible de demeurer zen. C'est donc avec un demi-sourire qu'elle m'a interdit de sortie les soirs de cette semaine. Je trouvais ma pénitence sévère, mais j'ai mieux compris quand ma mère a ajouté :

– Ah oui, j'allais oublier. Ton enseignante a appelé pour me dire que tu arrivais en retard à tes cours.

Elle a contemplé un moment le plancher en hochant la tête.

– Si tu continues de même, il va falloir que je t'interdise de la fréquenter.

J'hésitais à lui révéler quelle trouvaille sensationnelle Sarah et moi avions faite quinze minutes plus tôt. Ça aurait au moins fourni à ma mère quelques explications sur mes nombreux retards. Mais j'étais encore trop énervé.

Le coupable, le vrai de vrai, avait été démasqué.

À la fin du souper, la voisine est venue prendre un café à la maison. Elle se faisait toujours du mouron pour son beau Napoléon. Elle était horrifiée à l'idée que des personnes âgées sans défense puissent ainsi être cambriolées et séquestrées. Claustrophobe comme elle l'était, elle serait morte si elle avait vécu le tiers de ce qu'avait enduré monsieur Dumulon.

Son témoignage m'a donné une folle envie de punir les coupables. Mais d'abord, je devais prévenir Alex des agissements odieux de son frère aîné. Et je me voyais mal lui annoncer une nouvelle aussi poignante au téléphone.

Pendant que ma mère essayait de remonter le moral de la voisine, je me suis rendu dans le bureau de mon père et lui ai demandé de mon air le plus innocent la permission d'aller jouer au hockey avec Mathieu au parc. J'étais conscient de courir un risque. Affairé à la comptabilité familiale, mon père a accepté sans trop y penser. Pour lui, mes retards à l'école aujourd'hui ne le préoccupaient pas vraiment. Du moment que j'obtenais de bons résultats scolaires, ces petits écarts de conduite ne pesaient pas lourd dans la balance.

Mon frère était d'accord pour se dégourdir les jambes sur une patinoire. Alors, je lui ai signalé de me rejoindre dehors. Mes patins dans une main et mon bâton dans l'autre, je suis sorti par la porte du garage.

J'avais honte de tromper la vigilance maternelle. Honte d'abuser de l'indulgence paternelle. Je m'en voudrais longtemps si cela venait à dégénérer en querelle de ménage.

En route, j'ai expliqué à Mathieu que je devais à tout prix aller chez Alex. Il en allait de mon amitié avec lui. Mon frère n'aimait pas beaucoup jouer dans le dos de nos parents, mais il m'a laissé faire, vu que c'était pour une bonne cause.

Il y avait de la lumière dans la chambre d'Alexandre à l'étage. En traversant de l'autre côté de la rue, j'ai pu l'apercevoir en train de tripoter le clavier de son ordinateur. J'ai d'abord crié son nom, mais ses yeux sont restés rivés à son moniteur. Alors, j'ai pris les grands moyens : j'ai lancé une grenade de neige à sa fenêtre. L'explosion n'a alerté personne. Alexandre n'a pas daigné se lever pour voir ce qui se passait. Je n'avais donc pas d'autre choix que de frapper à la porte d'entrée.

Sa mère avait l'air étonné en m'ouvrant. Elle m'a tout de suite demandé si Alex m'attendait.

– Oui, oui… Je dois régler quelques petits trucs avec lui pour un travail qu'on fait ensemble à l'école, ai-je délibérément menti afin qu'elle ne se doute de rien.

Il était pas mal tard pour une visite à l'improviste un soir de semaine, a-t-elle souligné. Néanmoins, elle m'a fait signe de déposer mon équipement de hockey dans l'entrée.

– Tu peux y aller. Il s'est barricadé dans sa chambre.

J'ai frappé trois petits coups à sa porte.

Alex n'a pas ouvert immédiatement. Il voulait d'abord savoir qui osait le déranger de la sorte. J'ai dit mon nom. Et il l'a répété en mettant un gros point d'interrogation au bout, comme s'il ne savait plus qui j'étais. Il a fini par m'ouvrir, réellement surpris de me voir chez lui.

– Antoine !... C'est toi qui as lancé la boule de neige dans la fenêtre ?

Comme accueil, j'avais connu mieux.

– Qui veux-tu que ce soit ? Ta fiancée ?

Il ne l'a pas trouvé drôle. Franchement, je ne me sentais pas le bienvenu. Il tenait une chaise dans sa main. Il avait fallu qu'il l'enlève pour pouvoir m'ouvrir. Je n'ai pu m'empêcher de songer au brigadier embarré dans son garde-manger. Je doutais d'avoir assez de courage pour révéler la vérité à Alex, mais il le fallait.

– C'est mon système de verrouillage, a expliqué Alex devant le regard interrogateur que je posais sur sa chaise. Je n'ai pas le choix. Mes parents ne se soucient pas de mon intimité ! Ça fait deux ans que je gueule pour qu'ils installent une serrure. N'importe qui peut entrer comme dans un moulin à vent. C'est révoltant !

Malgré ses propos peu invitants, il m'a permis d'entrer et de prendre mes aises sur son lit.

Je n'ai pas été capable d'attaquer d'emblée le sujet. Non, je me suis d'abord intéressé à ce qu'il faisait. Il s'exerçait à un jeu de guerre virtuel. Qui affrontait qui ? lui ai-je demandé, à défaut de plus d'imagination. Il m'a répondu que je n'étais certainement pas venu jusque dans sa chambre pour jouer sur l'ordi.

— Je veux faire la paix, ai-je affirmé. Je veux que les choses redeviennent comme avant entre nous deux.

— Pourquoi ? T'es pas comblé avec ta Sarah ?

— Ça n'a rien à voir, Alex…

— Tu veux qu'on reste amis, alors oublie-la. C'est elle ou moi !

J'en avais le souffle coupé. Il n'avait pas le droit de m'obliger à faire un choix. J'ai sérieusement envisagé à ce moment-là de mettre un point final à notre amitié.

— Je blague, m'a-t-il confié avec un minime sourire sur les lèvres, somme toute assez fier de m'avoir eu.

Pour m'avoir eu, oui, il m'avait eu !

À vrai dire, j'étais soulagé. Je réclamais même un petit temps de répit pour me remettre de sa plaisanterie.

— Pourquoi tu la détestes tant, Sarah ? Je t'assure qu'on gagne à la connaître.

— Je vais y penser aux toilettes, si ça te dérange pas. Tu peux manger le reste de la tablette de chocolat, a-t-il mentionné en montrant la collation à côté de sa souris.

Ce devait être une urgence. Ou une façon bien malhabile de faire diversion. N'empêche que c'était plutôt gentil de sa part. Je n'avais pas faim. Mais un peu de chocolat m'insufflerait peut-être le courage nécessaire pour en arriver là où je voulais en venir.

Deux bouchées et c'en était fait du gueuleton d'Alex. En jetant l'emballage dans la poubelle, j'ai vu quelque chose que j'aurais préféré ne pas voir.

Désormais, je ne verrais plus jamais Alexandre du même œil.

La deuxième chance
du brigadier

J E PENSAIS à l'orange que le fils du cow-
boy n'avait pas fini d'éplucher. Cette
orange nous avait permis à Sarah et à moi
de lever le voile sur l'un des coupables.
Maintenant, une tablette de chocolat m'en
faisait découvrir un autre.

Quand Alexandre est sorti des toilettes, j'étais déjà au rez-de-chaussée et je
disais au revoir à sa mère. Le mieux à
faire, c'était de rejoindre mon frère à la
patinoire et de ne songer à rien d'autre
qu'à marquer des buts.

Sur la glace, j'ai consumé tout ce qui
me restait d'énergie. Mon frère m'a même
soufflé durant le jeu : « Ouain, en forme à
soir, le p'tit frère ! » L'épuisement du corps
me permettait de ne plus penser. Et c'est
tout ce qui comptait. Dans la cabane, en
déchaussant ses patins, mon frère m'a demandé comment les choses s'étaient
passées avec mon copain.

– Correct, me suis-je contenté de marmonner.

– C'est drôle, ta bouche dit une chose, mais ta face en dit une autre.

Mathieu n'a pas insisté. Avant de clore le sujet, il m'a seulement souhaité que mes déboires avec Alex finissent par s'arranger.

Moi, je n'en souhaitais pas autant. Alex avait commis un acte que je ne pourrais jamais lui pardonner. Ç'en était fini de lui. J'espérais sincèrement ne plus le revoir. Mais c'était sans espoir. J'allais le rencontrer à la première heure le lendemain à l'école.

Avant de rentrer, j'ai essayé de localiser ma mère par les fenêtres de la maison. C'était presque devenu une habitude !

Je l'ai trouvée exactement là où il ne fallait pas : dans ma chambre, allongée sur mon lit, en train de lire un bouquin. Cela ne me servait donc plus à rien de me chercher une astuce pour défendre ma cause. Elle était déjà perdue.

En fin de compte, je suis entré par la porte d'en avant. Mon père m'a accueilli en me prévenant que quelqu'un que je connaissais bien m'attendait dans ma chambre pour me dire deux mots. Sur un ton presque amical, il a ajouté que j'avais abusé de sa bonté. Dans un murmure à peine audible je me suis excusé. Mon père savait que j'étais désolé. Il hochait la tête, compréhensif.

Ça ne me servait pas à grand-chose de remettre à plus tard le moment de mon châtiment. J'ai fait un homme de moi. Je suis allé voir ma mère.

Elle m'a d'abord demandé comment avait été ma soirée. J'ai bafouillé pendant dix-quinze secondes avant de craquer et de fondre en larmes. Elle n'est pas venue me réconforter, cette fois. Elle attendait toujours une réponse à sa question. Elle a eu droit à toute l'histoire, la version longue.

À un moment, elle m'a prié de m'arrêter et elle est allée chercher mon père pour qu'il entende la suite, persuadée que mes révélations ne manqueraient pas de l'intéresser. Elle n'avait pas eu tort. Mon père a même utilisé le téléphone de ma chambre pour contacter les parents d'Alexandre et de Xavier. Il leur a suggéré de fouiner dans la corbeille de leur plus jeune fils et de le questionner au sujet de ce qu'ils y trouveraient.

Je ne savais pas ce qui allait se passer maintenant que la vérité avait éclaté au grand jour. Chose certaine, ça allait barder pour Alexandre. Mais il ne méritait rien de moins.

❧

Mon ex-ami n'était pas présent à l'école, le matin suivant. Je dois dire que son absence faisait drôlement mon affaire.

Quand j'ai trouvé Sarah, je lui ai tout déballé à la vitesse de l'éclair. Je parlais aussi vite qu'elle. Faut croire qu'à force de la côtoyer, elle commençait à déteindre sur moi.

En vérité, elle n'était pas tellement étonnée de savoir Alex impliqué dans le coup. Il ne lui avait jamais inspiré confiance. C'est sur cette confidence que le gros Éric Bérubé est venu nous saluer.

– Après l'école, je te donne une leçon que tu ne seras pas prêt d'oublier, mon gars. Et si jamais t'oublies, pour te rafraîchir la mémoire, t'auras juste à te regarder la face dans le miroir !

Il avait adressé ses menaces à moi et non à Sarah, comme si elle n'avait rien à voir dans cette histoire.

– À cause de toi, continuait-il, j'ai eu mes parents sur le dos toute la fin de semaine ! J'étais tellement en maudit contre eux que je suis pas venu à l'école, hier, juste pour les écœurer. Mais maintenant, c'est pas mieux, ils veulent m'envoyer dans une école de réforme !

J'ai placé un mot dès que l'occasion s'est présentée.

– C'est Martineau qui a fait le coup.

La figure à Bérubé a changé d'expression. Et, comme pour me donner raison, une voiture de police s'est arrêtée en face de l'école. L'arrivée des policiers a détourné son attention. Sans eux, je crois que Bérubé, furieux comme il était, m'aurait sauté à la gorge.

Deux agents de police sont entrés dans l'école et en sont ressortis deux minutes plus tard accompagnés du directeur et d'un enseignant de sixième. Ce dernier leur a indiqué qui étaient les compagnons de Xavier Martineau. Les flics ont aussitôt appréhendé les deux autres coupables de l'affaire « Brigadier ». Ils les ont installés à l'arrière de leur voiture, puis ont quitté les lieux.

Leur venue a créé tout un émoi dans la cour de récré. Il y avait de quoi ! Des flics qui épinglent des élèves de l'école, ça n'arrive pas tous les jours !

– Excuse-nous, Éric, j'ai dit de mon air le plus sympathique. On s'est complètement trompés sur ton compte.

Il avait l'air étonné de m'entendre l'avouer aussi simplement. Il a exigé des explications sur le message que nous avions laissé sur son répondeur et sur la présence de la police à l'école Buissonneau.

– Si tu me promets de ne pas te servir de moi comme d'un *punching-bag*, je vais tout te raconter, ai-je pris soin de mentionner avant de passer aux aveux.

Martineau et sa bande de macaques s'étaient mis dans un tel pétrin qu'ils avaient à présent des démêlés avec la justice. Forcément, ce n'était pas une si mauvaise nouvelle pour Bérubé. Au fond, tous les prétextes étaient bons pour haïr davantage ses ennemis. Après avoir pris conscience de la situation, Éric ne nous en voulait plus, ou quasiment plus. J'allais m'en aller quand j'ai entendu Sarah, éternelle curieuse, lui poser une dernière petite question.

– Comment savais-tu que le brigadier n'avait jamais joué au hockey ?

– Longue histoire. Il y a trois ans, je me suis cassé un genou en jouant les cascadeurs sur un banc de neige. Il m'a entendu crier.

Et il m'a soigné chez lui en attendant que mes parents viennent me chercher.

❧

L'après-midi, Alexandre et son frère sont retournés à l'école. Je m'étais demandé s'ils n'allaient pas passer quelque temps en prison. Mais mon père m'a expliqué le soir que les jeunes de moins de dix-huit ans n'allaient pas en prison avec les adultes. Ils échouaient plutôt dans des maisons de correction.

Assis à son pupitre au fond de la salle de classe, marabout, Alex ressemblait à un parfait petit diable en devenir. Il avait l'air trop angélique avec ses mèches blondes pour être honnête, trop beau pour être bon, trop *cool* pour penser à quelqu'un d'autre qu'à sa propre personne. Je redoutais le moment où il faudrait se reparler.

À la fin des classes, il a carrément eu le front de venir me voir. Il voulait savoir si j'étais fâché contre lui.

– Tu ne te rends pas compte, Alex. Tu ne te rends pas compte…

Je lui ai demandé de me prêter son sac. Même s'il ne comprenait pas pourquoi, il me l'a passé. Après l'avoir ouvert, j'ai pivoté sur moi-même comme une toupie. Cartables, cahiers, crayons, tout le contenu du sac s'est mis à valser aux quatre coins de la classe.

Alex n'en croyait pas ses yeux. Quand j'ai vu qu'il allait rouspéter, je me suis empressé de lui voler la parole.

– T'es fâché ? Dis-toi que c'est même pas le millionième de ce que t'as fait au brigadier ! me suis-je écrié, hors de moi.

Je ne me contrôlais plus. J'aurais aussi bien pu le mordre s'il m'avait provoqué. La prof est vite intervenue. Elle m'a ordonné de retourner chez moi me calmer. J'ai obéi, sans un regard pour Alexandre.

Sarah m'a avoué en sortant de l'école que je n'y étais pas allé de main morte.

– Lui non plus n'y est pas allé de main morte avec le brigadier, je te rappelle !

J'étais encore pompé en arrivant à la maison. Heureusement, mon père avait un programme alléchant à me proposer pour le souper, qui m'aiderait sans doute à décompresser.

J'ai téléphoné à Sarah que je venais de quitter cinq minutes plus tôt pour lui faire une invitation impossible à refuser. Elle a demandé la permission à ses parents avant d'accepter avec joie.

Mon père et moi sommes allés la chercher à sa porte en taxi. Le père de Sarah en a profité pour piquer un brin de jasette avec le mien. Pendant ce temps-là, Sarah me considérait avec un grand sourire énigmatique. Elle s'est approchée de mon oreille, comme pour me confier un secret :

– La réponse, c'est non.

– Et la question, c'est quoi ? ai-je répliqué du tac au tac, sans comprendre.

– T'étais curieux de savoir ce que j'avais répondu à mon père. Eh bien, voilà, je lui ai dit non.

– T'as bien fait.

C'est après que je me suis rappelé à quoi elle faisait allusion.

Sarah était une fille difficile à cerner. Si sa bouche avait dit non, son sourire, lui, semblait dire oui. Peu après, j'ai compris qu'elle se payait encore ma tête.

Revoir le logement de monsieur le brigadier m'a fait bizarre. Tout avait été nettoyé, rangé, mais rien n'avait été remis à sa place. En voyant la pile de boîtes en carton dans le salon, j'ai tout de suite compris que Napoléon se préparait à déménager.

Grand-père Tibo, qui était resté jour et nuit auprès de son vieil ami depuis le drame, m'a salué avec le même chaleureux sourire. Puis, ce fut au tour du brigadier d'accueillir la visite. Je me demandais comment allaient se dérouler nos retrouvailles. Après tout, nous avions partagé des moments d'une rare intensité lors de notre dernière rencontre.

En fait, Napoléon n'a pas beaucoup réagi en me voyant. Il m'a seulement adressé un regard franc. Je sentais l'émotion rôder aux alentours. Et ce n'était rien pour me mettre à l'aise. Il s'est avancé vers Sarah et moi, aussi vite que son corps lui permettait d'aller, c'est-à-dire lentement. Il a posé sa main sur mon épaule, le visage grimaçant, comme s'il s'efforçait de pousser sur des mots qui refusaient de sortir.

– Y a des mercis qui sont tellement immenses qu'on sait pas comment les dire.

J'ai vérifié si mes lacets de bottines étaient bien attachés, histoire de cacher mon émotion. Sans raison apparente, le brigadier s'est mis à rire. Tant mieux, ça m'a permis de me détendre un peu.

Napoléon s'est ensuite intéressé à Sarah.

– J'ai une amie. Et je ne la connais même pas encore !

Il lui a signifié à quel point il était enchanté et ravi de faire enfin sa connaissance. Il se retenait comme un diable pour ne pas la prendre dans ses bras et l'embrasser.

Il tenait à nous féliciter en personne, de manière solennelle, en nous serrant la main chacun notre tour. Ensuite, après avoir pris place dans son fauteuil, il a réclamé le récit complet de notre enquête.

Sarah et moi étions honorés de le lui raconter. Car si nos recherches concernaient quelqu'un en particulier, c'était bien lui ! Je voyais dans l'œil de mon père une lueur de fierté qui ne me déplaisait pas du tout. Mon grand-père, lui, perdait carrément le contrôle de sa paupière gauche. Il me lançait un clin d'œil chaque fois que je tournais les yeux dans sa direction !

– À la même heure, une semaine plus tôt, a déclaré monsieur le brigadier sur un ton cérémonieux, des jeunes sont entrés chez moi pour me faire passer un bien mauvais moment. Mais aujourd'hui, je suis content. Grâce à vous, ces jeunes-là vont avoir leur leçon. Mes amis, vous avez fait du bon boulot !

Eh bien oui ! nous étions bien obligés de le reconnaître ! Les policiers ne nous avaient pas donné de médaille, le maire de la ville ne nous avait pas convoqués à un cocktail en notre honneur et les journalistes ne s'étaient pas intéressés à notre cas, mais Sarah et moi savions que nous venions de faire un sacré bon coup.

– Mais je suis triste aussi, a poursuivi Napoléon, car à cause de ces malheureux événements je ne peux plus envisager de vivre ici.

Il nous a alors annoncé ce que nous avions deviné depuis le début : il déménageait !

– Où ? ai-je eu la curiosité de demander.

C'est mon grand-père qui a tenu à répondre puisqu'il s'agissait après tout de son idée. Il avait décidé de partager son logement avec son ami de longue date. Monsieur le brigadier allait donc faire partie de la famille !

Comme pour souligner l'événement, c'est à ce moment-là que le livreur de chez *Joséfine Cuisine*, un restaurant gourmet, a sonné à l'interphone.

– Mon dernier repas dans cet appartement où j'ai passé vingt-deux années de ma vie, a indiqué Napoléon, le cœur serré.

En mangeant, mon père nous a expliqué comment cette histoire avait commencé. Marcel Desbiens, alias le cow-boy, avait accumulé des pertes au casino. À cause de sa maladie du jeu, il frôlait la faillite et sa femme avait fini par le quitter. Son fils, Jonathan, convaincu que l'argent arrangerait tout, avait alors cherché un moyen de mettre la main sur un gros magot.

– Si le père de Jonathan avait été sage et avait sollicité l'aide d'une association de joueurs compulsifs, il aurait évité des problèmes à bien du monde !

Ensuite, mon père nous a raconté comment s'était déroulée la matinée. À la demande de Napoléon, les policiers ont réuni tous les coupables sur le lieu du crime. Le brigadier voulait les aviser qu'il ne porterait pas plainte, au grand désespoir des agents de police.

– À mon âge, avait-il expliqué, on n'a ni la force, ni le goût, ni le temps de se plaindre.

Les policiers avaient essayé de le faire changer d'idée, sous prétexte que les garnements comme eux étaient « durs de comprenure » et qu'il fallait sévir afin de prévenir toute récidive. Napoléon avait répondu que c'était un très mauvais départ que de commencer dans la vie avec un dossier criminel. Lui, il était vieux, il terminait sa vie et il voulait que ces jeunes-là se souviennent de lui non pas comme celui qui les avait condamnés mais comme celui qui leur avait laissé une deuxième chance. Il n'en tenait qu'à eux maintenant de ne pas passer à côté.

Un détail a soudainement attiré mon attention. Une photographie en noir et blanc dans un cadre antique trônait sur la télé. Elle avait été déchirée et reconstituée au moyen de ruban adhésif. Cela conférait une allure « Frankenstein » au joli visage de la femme du brigadier. Mais elle n'en paraissait pas moins heureuse pour autant. On l'avait captée sur pellicule juste avant qu'elle éclate de rire.

Je n'avais vu de cette photo que les morceaux que j'avais trouvés dans la corbeille d'Alexandre. J'étais ému à présent de pouvoir la contempler en entier.

Mes hommages,
monsieur le brigadier

CELA M'A PRIS presque deux semaines avant que je consente à parler à Alexandre.

Samedi, à l'aréna, il ne faisait pas partie de l'équipe contre les *Colosses*. De même qu'il était absent à la pratique, le dimanche matin.

À l'école, il voyait bien que je lui gardais rancune. Depuis l'épisode de la spectaculaire envolée de son sac, il n'a plus réessayé de me parler. En somme, il avait accepté que je ne veuille plus de lui dans ma vie. Et c'était tant mieux.

De son côté, mon père m'encourageait à reprendre contact avec lui. Son avis, c'était qu'il ne fallait pas laisser les chicanes s'éterniser, ça finissait par rendre morose.

— Elle ne doit pas être joyeuse la vie d'Alex, ces temps-ci. Il doit avoir l'impression de faire un long cauchemar.

– Moi, je ne suis pas certain qu'il comprend ce qu'il a fait.

– Oh oui, tu peux en être certain ! Il doit vivre chaque jour avec son crime sur la conscience. Il a besoin plus que jamais d'un ami, tu sais. C'est dans les moments difficiles qu'on reconnaît ses vrais *chums*.

J'ai répliqué que des amis de ce genre-là, je n'en avais pas besoin.

Il m'a regardé dans le blanc des yeux :

– Montre-lui donc ce que c'est que d'avoir du cœur, Antoine. C'est la meilleure leçon que tu peux lui donner.

❂

Le samedi suivant, j'ai décidé de rompre le silence. Encore une fois, c'est la mère d'Alexandre qui m'a ouvert la porte. Visiblement contente de me voir, elle m'a tout de suite invité à entrer et à faire comme chez moi. Comme à ma dernière visite, elle m'a montré le chemin de l'escalier menant à l'étage du dessus. J'ai fait irruption dans la chambre d'Alex sans avertissement.

– Tu devrais verrouiller ta porte, Alex. N'importe qui peut te déranger à n'importe quel moment.

Il n'a pas ri. Je n'avais pas essayé de le faire rire non plus. J'avais dit ça seulement parce que j'étais trop mal à l'aise pour dire autre chose.

Alexandre était occupé au même jeu sur le même ordinateur. J'avais une impression de déjà-vu.

– Apporte tes patins, on va à la patinoire.

Ce n'était pas une proposition, c'était un ordre.

Je l'ai attendu dehors, sans savoir s'il préparait ses affaires ou s'il avait plutôt décidé de me laisser poireauter.

Cinq minutes plus tard, il sortait avec ses patins sur l'épaule et un drôle d'air sur le visage. Il ne savait pas comment se comporter, je crois. Moi non plus, à vrai dire. Si bien que nous n'avons pas échangé un traître mot en chemin. C'était bien comme ça. De toute façon, je n'aurais pas su quoi dire.

Selon toute vraisemblance, Alexandre Martineau avait abandonné son sport favori pour de bon. Je crois qu'il avait trop honte pour se présenter au vestiaire de l'équipe. Même l'entraîneur était venu me voir pour savoir où était passé son meilleur marqueur. Les *Intrépides* souffraient de son absence, c'était indéniable.

Alex devait retrouver le goût du jeu. C'était ma bonne action du jour, si on veut.

Une fois sur la glace, il n'y avait rien d'autre à se préoccuper que les allées et venues d'une toute petite rondelle noire. Tous les deux, nous nous sommes tués au jeu. Nous avons donné notre cent dix pour cent, comme on dit. Et même davantage. Car il n'y avait que dans l'effort que nous pouvions retrouver notre amitié.

Après cette immense dépense d'énergie, je lui ai fait promettre de venir au match du lendemain.

Il est venu. Monsieur le brigadier et madame Chevalier aussi. Les voir se tenir la main comme de jeunes amoureux m'a fait bizarre au début. À la fin, je les trouvais plutôt mignons.

Alex s'est débrouillé comme un pro en marquant pas moins de quatre buts. Il avait tant à se faire pardonner que personne ne pouvait le stopper.

En fin de compte, mon père avait raison. Il avait besoin d'un proche pour l'aider à traverser cette rude épreuve. Les joueurs l'ont applaudi quand il est entré dans le vestiaire. J'étais le seul à m'abstenir. Alex l'a remarqué. Je lui ai simplement fait un petit signe de tête. Ça valait tous les applaudissements du monde.

Deux jours plus tard, le malaise entre nous s'était suffisamment dissipé pour que je puisse lui faire part de l'affaire « Dumulon ». Je lui ai d'abord décrit de quelle manière et dans quel état j'avais retrouvé monsieur le brigadier chez lui. Ensuite, je lui ai parlé des malheurs qui avaient frappé Napoléon tout au long de sa vie. Mais Alex n'avait pas besoin d'entendre tout ça pour se sentir coupable.

Puis, ce fut son tour de me raconter sa version des faits. En voulant encourager son frère à casser la gueule à Bérubé, il avait appris qu'il n'était plus question de bataille, mais de quelque chose de bien plus palpitant. Ainsi, Alex se greffait à la bande, comme il le souhaitait depuis si longtemps. Sa tâche à lui n'était pas bien compliquée. Il devait seulement surveiller les alentours.

J'ai également appris comment la photo de madame Dumulon s'était retrouvée dans sa poubelle. Alex ne savait pas ce qui lui avait pris. Dans le feu de l'action, il se sentait puissant. Il était fier de faire partie de la bande à son frère. Alors, il avait voulu ramener un trophée de son exploit. Il comprenait maintenant la stupidité de son geste.

Les jours suivants, j'avais l'impression d'avoir affaire à un nouvel Alex. Un Alexandre version améliorée, plus gentil, infiniment plus sympathique. La preuve, c'est qu'il a même daigné bavarder avec Sarah. Je sentais bien que ce n'était pas la grande histoire d'amour entre eux, mais ils étaient au moins capables de se parler sans se lancer des vacheries par la tête. C'était un début.

❂

Puis est venu le jour des soixante-dix-huit ans de monsieur le brigadier. Comme j'étais devenu un bon ami, je faisais partie du nombre des invités. Sarah aussi. À vrai dire, ça me faisait réellement plaisir de me lier d'amitié avec une personne du troisième âge. Cela ne m'était jamais arrivé avant, et j'en éprouvais une profonde fierté.

La fête se déroulait un dimanche soir chez mon grand-père. C'est lui qui avait presque tout organisé, avec l'aide précieuse de mes parents. Au moment du dessert, ma mère est apparue avec un gâteau qui éclairait autant qu'une ampoule de cent watts. Pas moins de soixante-dix-huit chandelles brillaient devant les yeux émus de Napoléon. Je ne sais pas quel vœu il a fait, mais juste après avoir éteint les bougies d'un seul souffle, son regard s'est réfugié sur le visage rayonnant d'Irène Chevalier.

Le gâteau aux poires, une spécialité de ma mère, a disparu en même pas dix minutes. Rassasié, j'ai insisté pour que tout le monde se taise et me laisse parler un instant. Avec une imitation plus ou moins réussie d'animateur de radio, j'ai déclamé haut et fort que monsieur Napoléon Dumulon était prié de se rendre à l'intersection des rues Belvédère et Chevalier lundi matin avec sa pancarte d'arrêt-stop, pour sa toute dernière journée en tant que brigadier. Histoire de terminer sa carrière en beauté.

C'était en quelque sorte mon cadeau d'anniversaire. Je lui avais préparé une surprise à la hauteur de son dévouement envers les élèves de l'école Buissonneau.

C'est mon père qui m'en avait soufflé l'idée. Mais c'est moi par contre qui avais imaginé le reste.

La fête a tourné en méchant party de photos d'antan. Il s'agissait d'un merveilleux voyage dans un passé qui nous concernait plus ou moins, Sarah et moi. Toutefois, voir tout ce beau monde nostalgique et débordant de gaieté nous faisait plaisir. Le bonheur, c'est comme la lèpre, c'est contagieux !

Au bout d'un moment, nous nous sommes retrouvés dans les marches de l'immeuble à nous dire que ce serait chouette si jamais une autre enquête venait à nous tomber sous la main.

◉

Comme prévu, monsieur le brigadier faisait traverser les écoliers pour une dernière fois, avec l'air sévère qu'on lui avait toujours connu.

Madame Legault, la brigadière qui avait pris sa place, avait accepté avec joie de prendre congé. En fait, ce n'était pas vraiment un congé car elle se tenait tout près au cas où Napoléon sentirait une fatigue soudaine.

Moi, je suis resté avec mon brigadier préféré jusqu'au son de la cloche. Il se demandait pourquoi je n'étais pas encore rentré. Il m'a ordonné de me rendre immédiatement en classe. Oui, à la condition qu'il vienne avec moi, j'ai dit. Il m'a regardé comme si j'avais perdu la tête. Il refusait de façon catégorique.

Mon enseignante, qui surveillait les élèves dans la cour, est venue l'inviter à se réchauffer à l'intérieur. Napoléon n'a pas osé refuser, cette fois.

Nous sommes passés devant le local de classe sans nous y arrêter pour nous rendre au gymnase où tous les élèves de tous les niveaux étaient réunis.

Une chance que je tenais monsieur le brigadier par le bras, car il serait tombé à terre quand tous les jeunes de Buissonneau se sont mis à l'applaudir en le voyant. Après tant d'années à veiller sur nous, il méritait bien cet hommage.

Le directeur a pris la parole dans le but de remercier officiellement monsieur Dumulon pour ses bons et loyaux services. Puis, ce fut mon tour d'affronter le micro. J'étais nerveux quelque chose de rare. Ouvrir son cœur en public fout drôlement la trouille, je n'avais pas idée à quel point ! Je voyais ma Sarah dans les premières rangées qui souriait plus grand que sa bouche ne le permettait. Et Alex qui a levé le pouce, en riant un peu de moi. En essayant de ne pas trop me laisser intimider par l'ampleur de l'auditoire, j'ai récité dans mes mots le texte que j'avais préparé avec ma mère pour l'occasion. Ainsi, j'ai raconté avec une note d'humour de quelle façon le brigadier s'était un jour retrouvé dans ma chambre et, sur un ton plus sérieux, pour quelle raison j'avais été amené à visiter son logis.

— Les événements m'ont permis de faire la connaissance d'un homme fantastique à bien des égards, ai-je déclaré, un brin gêné. Un homme qui n'a pas eu la vie facile. Et si je veux lui rendre hommage aujourd'hui, c'est parce qu'il a veillé sur nous… comme si nous étions ses propres enfants.

Quand je suis allé rejoindre mon enseignante, debout près de la porte, j'étais sérieusement ému et, je l'avoue, un peu embarrassé d'être aussi ému devant l'école au grand complet.

Pour finir, Napoléon est allé en avant se faire applaudir une dernière fois. Bien sûr, autant d'émotions ont fini par lui tirer une larme ou deux. Cette fois, il ne s'est pas caché le visage dans les mains. Les élèves se sont mis à crier en chœur « Merci ! Mer-ci ! », en tapant des mains. Monsieur le brigadier n'avait peut-être pas le sourire facile, mais quand il souriait, ça valait le détour ! Et il l'a amplement prouvé ce matin-là.

Ensuite, le directeur nous a priés de vite regagner nos classes, car nous étions à l'école d'abord et avant tout pour apprendre.

Napoléon faisait semblant de m'en vouloir pour la surprise que je lui avais préparée. Je n'allais quand même pas m'excuser !

Il ne lui restait plus qu'à retourner dans sa nouvelle demeure, auprès de la nouvelle femme de sa vie, et poursuivre ce qui m'apparaissait être l'une des plus réjouissantes histoires d'amour. Oui, Napoléon avait bel et bien déménagé chez Irène Chevalier, et non chez mon grand-père. Fidèle à lui-même, Tibo m'avait une fois de plus joué un tour. Il avait voulu me réserver la surprise. De fait, un bon matin, en ouvrant mes stores, j'ai découvert avec stupéfaction qui était mon nouveau voisin.

Tout compte fait, c'était une excellente chose. La voisine était la personne la mieux désignée pour prendre soin de mon brigadier.

Le nouveau couple s'était même donné en spectacle la première fois que Sarah a mis les pieds dans ma chambre. Napoléon et Irène ont osé s'embrasser sans avoir vérifié au préalable si les rideaux avaient été tirés.

— C'est fou, ai-je pensé à voix haute, ces deux-là avaient notre âge quand ils se sont rencontrés.

— Est-ce que c'est une façon tordue de me proposer de faire la même chose qu'eux ?

— Pff, t'es malade !

— Tu sais, c'est vrai que j'ai répondu non à la fameuse question que mon père m'a posée à propos de nous deux. Mais j'ai ajouté : « Pas encore. »

Décidément, Sarah retirait un vilain plaisir à me voir rougir.

— On n'est pas pressés. On est jeunes. On a le temps. Tiens, pourquoi pas dans soixante-huit ans ! ai-je suggéré en montrant du doigt mes voisins qui n'en avaient toujours pas fini avec leur baiser.

Un rire violent, impossible à stopper, a réussi à nous renverser par terre.

— En tout cas, a souligné Sarah une fois l'euphorie passée, t'es certain de ne jamais t'ennuyer de Napoléon !

Elle avait visé dans le mille. Je vois le brigadier non pas quatre fois par jour maintenant, mais six fois, huit fois, pour ne pas dire quasiment tout le temps !

Et dire que mon père m'avait annoncé, l'air désolé, que je ne reverrais plus mon brigadier préféré aussi souvent !

Table

PAO : Éditions Vents d'Ouest (1993) inc., Gatineau
Impression : Imprimerie Gauvin ltée
Gatineau

Achevé d'imprimer en septembre
deux mille trois

Imprimé au Canada